Wagnis

Peter Coon

WAGNIS

Eine Novelle
über Pazifismus
in Zeiten des Krieges

Bibliografische Information der Deutschen Nationalbibliothek:
Die Deutsche Nationalbibliothek verzeichnet diese Publikation
in der Deutschen Nationalbibliografie; detaillierte bibliografische Daten sind im Internet über www.dnb.de abrufbar.

Wagnis
Eine Novelle über Pazifismus in Zeiten des Krieges
2023 © Peter Coon
www.petercoon.de

Lektorat:
Rouven Obst
www.freie-lektoren.de

Coverhintergrund:
flosca bei pixabay.com

Layout und Textsatz:
Peter Coon
www.buchsatz-fuer-selfpublisher.de

Herstellung und Verlag:
BoD - Books on Demand, Norderstedt

Paperback-Ausgabe
ISBN: 978-3-7481-3985-0

1

Einen Luftkampf hatte er schon lange nicht mehr
beobachtet. Seit Wochen war es ruhig über den Wäldern. Nur selten überquerten Bomber das Gebiet,
in großer Höhe und in mächtigen Verbänden, um
Stunden später ohne ihre Last zurückzukehren –
beinahe lautlos und unbemerkt. Doch hatte diese
Gegend auch rauere Zeiten erlebt mit Granatfeuer
und Luftangriffen. Von einem nahegelegenen Mili-
tärstützpunkt aus waren immer wieder Raketen
aufgestiegen und Richtung Osten geflogen. Andere
kamen von dort zurück und schlugen ringsherum
im Wald ein. Eine aber traf ihr Ziel, und so wurde
der Raketenstützpunkt selbst zum Raketenopfer.

Eine zerstörte Militärbasis nahe der Frontlinien
und mitten im Wald – ganz sicher waren hier große
Mengen moderner Waffentechnik gelagert worden,
vielleicht sogar Atomsprengköpfe. Niemand wusste
damals jedenfalls, ob von dort nun Radioaktivität in

die Wälder gelangte. Die Gefahr war groß, und so musste jemand nachsehen. »Frederik ist Physiker«, argumentierten die anderen und erklärten ihn kurzerhand zum Kopf einer kleinen Forschungsmission. Also schlug er sich mit seinem besten Freund durch den Wald hinab ins Tal. Sie fanden die Basis vollständig zerstört und verlassen vor. Einen Tag lang untersuchten sie die Trümmer mit Geigerzählern, konnten aber keinerlei Strahlung feststellen – eine gute Nachricht für die Gruppe, da ihnen allen so die Flucht in andere Wälder erspart blieb. Und als Sahnehäubchen obendrauf war die gesamte Gegend nun strategisch völlig uninteressant. Ohne diesen Stützpunkt verschob sich die Front deutlich nach Westen. Von einem Tag auf den anderen gab es keine Raketenstarts mehr, keine Militärkonvois, keine Hubschrauber, keine Luftkämpfe. Dass sich heute, so viele Wochen nach der Geigerzählerexpedition, noch einmal Jäger hierher verirren würden, hätte Frederik nie vermutet.

Jetzt aber, wie aus dem Nichts, donnerte ein Kampfjet über ihn hinweg. Er erschrak fürchterlich, warf sich zu Boden und suchte Schutz im Unterholz. Die Maschine flog so tief, dass sie beinahe die Wipfel der Bäume streifte und jede Menge toter Äste herabschleuderte. Hastig kroch er unter einen halb vermoderten Baumstamm und hielt sich die Arme über den Kopf. Überall um ihn herum prasselte es auf den Waldboden, und noch ehe dieser Hagel verebbte, folgten zwei weitere Jets dem ersten. So blieb er weiter in Deckung, bis sich der Wald beruhigt hatte.

In der Ferne hörte er das Grollen der Triebwerke. Dem Klang nach mussten die Maschinen an Höhe gewonnen haben und schon kilometerweit entfernt sein. Er sprang auf und rannte den Berg hinab bis zu einer nahegelegenen Lichtung. Da er sich direkt unterhalb eines Berggipfels befand, hatte er von hier aus einen weiten Blick über die Täler.

In der Ferne erkannte er den ersten Jet – offensichtlich verfolgt von zwei feindlichen Maschinen. Er konnte nicht abschätzen, ob der Gejagte schnell genug war, ob er eine Chance hatte zu entkommen. Kurz sah es so aus, doch dann näherte sich ein weiterer Jäger von Osten. Der zwang den Verfolgten zu einem Wendemanöver, das seine beiden Verfolger überraschte. Zwar wendeten auch sie, doch nicht sehr engagiert. Sie überließen dem Neuankömmling das Feld. Der allerdings jagte sein Opfer umso entschlossener und drängte den Flieger zurück in die Richtung, aus der er gekommen war. So näherte sich das Geschehen wieder der Lichtung, auf der

Frederik noch immer jedes einzelne Manöver verfolgte, jede Wende und jedes erneute Aufschließen. Er ließ die Flugzeuge nicht aus den Augen, und als die verfolgte Maschine unversehens fast senkrecht in den Himmel stieg, konnte er ihre Silhouette von unten erkennen.

»Eine Mirage«, murmelte er. Als Jugendlicher hatte er sich sehr für die Luftfahrt interessiert. Er konnte Flugzeugtypen aller Gattungen unterscheiden, und auch wenn er sich sonst mit militärischem Gerät nicht gut auskannte, waren ihm die markanten Deltaflügel der uralten französischen Mirage doch geläufig. »Was macht die denn hier?«

Lange blieb ihm der imposante Anblick allerdings nicht gewährt, denn der nachfolgenden Maschine war es gelungen, dem Manöver zu folgen, und kurz darauf löste sich von ihrem Rumpf eine Rakete. Nach einem Wimpernschlag war sie bereits doppelt so schnell wie ihr Ziel. Zwei Wimpernschläge später hatte sie es schon fast erreicht. Die Mirage aber machte ein gekonntes Ausweichmanöver und die Rakete schoss an ihr vorbei. »Noch einmal davongekommen«, sprach Frederik zu sich selbst. Jetzt versuchte der Franzose nach Süden zu fliehen, genau auf Frederiks Lichtung zu. Doch schon startete eine zweite Rakete und nahm die Verfolgung auf. Nur Sekunden später – das Kampfflugzeug versuchte abermals auszuweichen – streifte sie das Seitenruder. Der Sprengsatz explodierte und zerriss das Heck. Die Maschine ging in Flammen auf und begann zu trudeln. Frederik fürchtete schon, zur falschen Zeit am falschen Ort zu sein, doch dann stürzte die Mirage in einem langgezogenen Bogen in ein benachbartes Tal. Er konnte nicht sehen, wie sie zerschellte, doch er sah einen gewaltigen Feuerball über den Bäumen aufsteigen. Die Erde bebte, ein heftiger Knall erreichte ihn und die Vögel schreckten aus den Bäumen auf.

Er schaute wieder zum Himmel und sah, wie die drei verbliebenen Maschinen die Absturzstelle überflogen. Dann bemerkte er den Fallschirm, der ganz in der Nähe des Wracks zu Boden glitt. Das musste der Pilot sein, der sich in letzter Sekunde aus dem Flugzeug katapultiert hatte. Der Moment des Ausstiegs war Frederik entgangen, zu schnell war alles geschehen und zu sehr hatte er auf die Flammen geachtet und den dichten Qualm, den die abstürzende Maschine hinter sich herzog. Doch es gab keinen Zweifel: Dort unten verschluckte der Wald gerade einen abgeschossenen Jet-Piloten samt Fallschirm. So etwas hatte Frederik noch nie gesehen.

Er erschrak, als die Flugzeuge zurückkehrten. In Dreierformation überflogen sie das Tal, so langsam, wie es einem Düsenjäger möglich war, nur um wieder zu wenden und es noch einmal zu überfliegen. Frederik zog sich wieder unter die Bäume zurück. Zwar stand er hier ein paar Kilometer vom brennenden Wrack entfernt, doch die drei Flugzeuge kamen ihm immer wieder beängstigend nahe. Auf keinen Fall sollte man ihn hier entdecken. Offiziell galten diese Wälder als menschenleer. Wenn er sich hier zu lange präsentierte, würde er Suchtrupps provozieren. Das würden seine Freunde ihm nie verzeihen. Zu Recht.

Nach einem weiteren Überflug war der Spuk vorbei. Die Maschinen zogen sich nach Osten zurück und es kehrte wieder die gewohnte Stille ein im Wald. Frederik trat auf die Lichtung hinaus und betrachtete die schräg aufsteigende Rauchsäule. Ein Mensch war dort unten gelandet, lebend vielleicht. Sicher brauchte er Hilfe. Vermutlich war Frederik der einzige Unbeteiligte, der helfen konnte. Und ganz sicher würde er sich dadurch viel Ärger einhandeln.

2

Dichter Qualm waberte zwischen den Bäumen, als Frederik die Schneise erreichte, die die abgestürzte Maschine in den Wald gerissen hatte. Zahllose Bäume hatte sie gefällt und überall loderten einzelne Feuer. Es hatte viel geregnet in den vergangenen Wochen, so bestand keine große Waldbrandgefahr. Doch dort, wo der Hauptteil der Maschine lag, brannte es noch immer lichterloh. Aber Frederik suchte nicht das Wrack, er suchte den Piloten. Wie sollte er hier nur einen einzelnen Menschen finden?

Er schloss seine Augen und versuchte sich in Erinnerung zu rufen, wo genau der Fallschirm niedergegangen war. Der Pilot hatte den Schleudersitz erst kurz vor dem Aufschlag ausgelöst. Somit konnte auch die Landestelle kaum mehrere hundert Meter von der Schneise entfernt liegen. Er entschloss sich, dem Wrack den Rücken zu kehren und den Beginn der Schneise zu suchen.

So bahnte er sich einen Weg durch den Wald, vorbei an umgestürzten Bäumen und brennenden Trümmern. Das Flugzeug war in einem relativ steilen Winkel in den Wald gestürzt, so dauerte es nicht lange, bis er das erste unversehrte Stückchen Wald erreichte. Von hier aus lief er im Zickzack hin und her und suchte nach Mensch und Fallschirm. Dabei musste er immer wieder eine Pause einlegen, denn der Wind blies den Qualm durch die Schneise hindurch und genau in seine Richtung. So fiel ihm sogar noch in dieser Entfernung zum Brandherd das Atmen schwer. Schon wollte er abbrechen und weiter abseits suchen, da fand er den Schleudersitz – selbstverständlich ohne den Piloten, denn der Sitz hatte sich wie vorgesehen noch in der Luft von ihm getrennt und war ungebremst zu Boden gestürzt. Dementsprechend demoliert sah er aus.

Frederik kümmerte sich nicht um ihn und ging weiter. Er wusste jetzt, dass er an der richtigen Stelle suchte. Der Pilot musste noch weiter vom Wrack entfernt sein als der Schleudersitz, denn dieser war ja nicht von einem Fallschirm abgebremst worden. So kämpfte er sich weiter in die Richtung vor, aus der das Flugzeug gekommen war. Und endlich, als er erneut eine Pause einlegte und sich mit tränenden Augen umblickte, erkannte er einen roten Schimmer zwischen den Bäumen. Sofort lief er darauf zu, und tatsächlich waren es sie zerfetzten Reste eines Fallschirms. Sie flatterten hoch oben im Geäst, und die Fallschirmseile hatten sich hoffnungslos verheddert. Weiter unten, etwa vier Meter über dem Boden, baumelte der Pilot. Wie ein nasser Sack hing er da und rührte sich nicht.

»Hallo?«, rief Frederik. »Sind Sie in Ordnung?«

Keine Antwort.

»Hallo, können Sie mich hören?«

Tatsächlich konnte Frederik erkennen, wie der Pilot einen Unterarm anhob. Er lebte!

»Ich helfe Ihnen da runter.«

Frederik verlor keine Zeit. Er wusste, wie man auf einen Baum steigt. Er hatte auch gelernt, wie man einen Verletzten aus einem Baum abseilt. Außerdem trug er – ganz wie Samweis Gamdschie – stets ein langes Seil bei sich. Er holte es aus seinem Rucksack und knotete das eine Ende am Fuß des Baumes fest, neben dem der Pilot in den Seilen hing. Zusätzlich führte er es noch um ein paar dicke Äste herum. Dann kletterte er hinauf, bis er höher war als der Kopf des Piloten. Von hier aus warf er das andere Seilende über einen starken Ast und knotete es am Fallschirmgeschirr fest. Mit seinem Messer begann er jetzt, nach und nach die Fallschirmseile zu durchtrennen.

Immer tiefer sackte der Pilot abwärts, und irgendwann hing er nur noch an dem Seil, das Frederik gelegt hatte. Der kletterte wieder hinab, löste es am Fuß des Baumes und ließ seinen Schützling langsam und vorsichtig zu Boden hinab.

»Hallo, hören Sie mich?«

Frederik kniete neben dem Piloten und beugte sich über ihn. Weil er keine Antwort bekam, rüttelte er ihn fest an der Schulter.

»Hallo! Können Sie mich hören? Sind Sie bei mir?«

Jetzt hob sich wieder ein Unterarm und eine Hand ergriff Frederiks Ärmel.

»Gott sei Dank. Keine Angst, ich helfe Ihnen.«

Das allerdings war sehr optimistisch gesprochen. Zwar hatte er eine sehr gute Überlebensausbildung, doch er war ganz auf sich allein gestellt, mitten im Wald, sicher sechs Kilometer von seiner Hütte entfernt, und vor ihm lag ein Mensch unter Schock mit vielleicht schweren Verletzungen. Der Overall war blutverschmiert und an mehreren Stellen zerrissen. Der Helm sah sehr ramponiert aus, das Visier war gesprungen, die Atemmaske fehlte. Die Augen des Piloten waren geschlossen. Unter der Nase, unterm Kinn und am Hals klebte jede Menge eingetrocknetes Blut.

»Nicht erschrecken, ich nehme Ihnen jetzt den Helm ab.«

Frederik suchte nach dem Verschluss des Kinnriemens. Er wusste, wie man einem Unfallopfer den Helm abnimmt, doch er kam nicht mehr dazu. Motorenlärm näherte sich. Es war ganz klar das Fluggeräusch eines Hubschraubers. Frederik konnte nicht entscheiden, ob er von Westen oder Osten kam, doch für ihn waren beide Optionen gleich schlecht. Für den Piloten aber sah das anders aus. Ein Hubschrauber aus dem Westen käme zur Rettung. Doch wenn er aus dem Osten kam, wenn also der Gegner einen entkommenden Feind aufspüren wollte, dann wäre das sein Tod.

Frederik musste weg, so viel stand fest. Keine Sekunde hatte er zu verlieren. Wäre der Hubschrauber erst einmal über ihm, dann könnte man seine Flucht von oben verfolgen, denn die Bäume standen nicht sehr dicht an dieser Stelle. Er sprang auf, stopfte das Seil in den Rucksack und schulterte ihn. Dann stand er einen Moment lang still und lauschte. Der Hubschrauber kam aus dem Osten, ganz eindeutig. Damit war die Sache entschieden.

»Tut mir leid, ich muss Sie mitnehmen.«

Frederik war ein starker Mann und durchtrainiert vom harten Leben im Wald. Einen erwachsenen

Menschen zu tragen, gehörte dennoch nicht zu seinen täglichen Aufgaben.

»Sorry, das könnte jetzt wehtun«, kündigte er an und beugte sich herab. Zu seiner Freude stellte sich der Pilot als Leichtgewicht heraus, und so gelang es Frederik nach mehreren Versuchen, ihn auf eine seiner Schultern zu wuchten. Umgehend stapfte er los, so schnell er unter dieser Last dazu in der Lage war, weg vom Fallschirm, weg vom Schleudersitz und weg vom Wrack.

Der Hubschrauber aber näherte sich unaufhörlich. Jeden Moment erwartete Frederik, ihn zwischen den Baumkronen erblicken zu können. Keuchend lief er weiter, blickte immer wieder hinauf. Zweimal stolperte er beinahe, was vielleicht das Ende seiner Flucht bedeutet hätte. Er wusste, dass er dieses Tempo nicht lange durchhalten würde. Aber er musste so viel Strecke zwischen sich und den Fallschirm bringen wie möglich, denn um diesen Punkt herum würde die Hubschrauberbesatzung suchen, sobald sie die roten Fetzen in den Bäumen entdeckt hatte.

Kaum hundert Meter weit war Frederik gelaufen, da erkannte er die schwarze Silhouette des Helikopters zwischen den Wipfeln, früh genug und glücklicherweise deutlich abseits seines Fluchtweges. Mitsamt Gepäck auf den Schultern suchte er Deckung hinter einem Baum. Kurz vergewisserte er sich, dass es seinem Mitreisenden gut ging, doch scheute er sich, ihn auf den Boden zu legen; das Tragen schien ihm nicht so anstrengend wie das Ablegen und wieder Hochheben. Kurz lugte er um den Stamm herum. Zu seinem Schrecken flog der Hubschrauber nicht weiter. Er schwebte über dem Fallschirm, dessen rote Fetzen nach oben wohl wirkten wie ein Leuchtfeuer im grünen Meer. Der Wind der Rotoren wehte bis zu Frederik herüber und somit auch der Qualm, dem er gerade entkommen war. Doch jetzt war er Frederiks Rettung, denn schon konnte er den Hubschrauber kaum noch erkennen. Also würde man ihn von dort oben auch nicht sehen, und so löste er sich kurz entschlossen vom Baum und stolperte weiter. Er wollte so weit wie möglich entfernt sein, bevor eine Suchmannschaft abgesetzt werden konnte.

Dann endlich, als der Qualm schon wieder verflogen und der Hubschrauber außer Sicht war, wurde der Lärm leiser. Der Helikopter verschwand aber nicht ganz, war vermutlich nur zum Wrack weitergeflogen. Doch Frederik reichte das, um neuen Mut zu schöpfen. Er verlangsamte seine Flucht, um Kraft zu sparen, und nach vielen Minuten wähnte er sich in Sicherheit. Tief atmete er durch und begann dann, den Berg hinaufzusteigen, auf dessen Gipfel die Hütten standen, noch immer Kilometer entfernt. Nach einigen Höhenmetern allerdings war seine Kraft schon am Ende. Auf einer kleinen Lichtung ging er in die Knie und ließ den Piloten von seiner Schulter gleiten. Hinter sich konnte er den Hubschrauber erkennen. Er stand noch immer über dem brennenden Wrack, flog dann aber zurück zum Fallschirm. Auch hier stand er eine Weile, und bald darauf sah Frederik, wie sich Soldaten abseilten. Eindeutig waren es Soldaten, denn sie alle trugen Sturmgewehre bei sich.

Der Anblick der Waffen ließ Frederiks Herz wieder schneller schlagen. Genau diese Situation hatte er vermeiden wollen in seinem Leben. Genau deshalb hatte er mit der zivilisierten Welt gebrochen. Lieber wohnte er im Wald, als in die Klauen dieses Krieges zu geraten. Also biss er die Zähne zusammen, schulterte den Piloten erneut und beeilte sich, endlich die Hütten zu erreichen. Zwar glaubte er nicht, dass man ihn über diese Entfernung hinweg noch aufspüren würde, doch sicher war er sich nicht. Er konnte nur hoffen, dass sie keine Hunde dabeihatten.

3

Trotz der Kälte hatten sie auf ein Feuer verzichtet. Die zurückliegenden Wochen waren purer Luxus gewesen. Seit die Militärbasis nicht mehr existierte, hatten sie sich sicher gefühlt. Militärisch unbedeutende Gegenden wurden nicht gut beobachtet, nicht tagsüber und nicht nachts, nicht vom Flugzeug aus und nicht per Satellit. Sogar aufsteigender Rauch war keine große Gefahr gewesen, und so hatten sie eine Menge Holz verfeuert in der vergangenen Zeit. Mit Frederiks Rückkehr hatte sich das nun geändert.

Sie saßen um die Feuerstelle herum, wie sie es an jedem Abend taten. Ohne TV und Smartphone, ohne Film und Social Media erfreute sich die Lagerfeuergeschichte wieder großer Beliebtheit. Heute aber brannte kein Lagerfeuer und niemand erzählte eine Geschichte. Sie wussten, sie waren in Gefahr, und das deprimierte sie, besonders weil sie nichts dagegen unternehmen konnten. Als die Radioaktivität des Militärstützpunkts ihr Problem war, konnten sie handeln und glücklich darüber sein, dass Frederik als Physiker und überzeugter Dystopist zwei Geigerzähler mit einigermaßen vollen Batterien besaß. Aber was sie jetzt bedrohte, war nicht präsent. Noch nicht. Doch die Angst war real. Und irgendwann würde das Unheil über sie kommen, wortwörtlich und wie aus dem Nichts, mit Hubschraubern und Sturmgewehren. Dank Frederik war es nun angeraten, auf Feuer zu verzichten. Nur gut, dass es langsam Frühling wurde.

»Und du hast nicht bemerkt, dass sie eine Frau ist?«

Fossy saß neben Frederik und erwartete gespannt dessen Antwort. Etwas Heiteres lag in seinem Tonfall, der niedergeschlagenen Stimmung zum Trotz.

Frederik schüttelte den Kopf.

»So etwas merkt man doch«, bestimmte Fossy. »Hast du gar nicht hingeguckt?«

»Sie hatte den Helm auf«, stand Leonie Frederik bei. »Ihr Gesicht war voller Blut.«

Doch Fossy war nicht zu bremsen. »Ich meine doch nicht ihr Gesicht.«

»Was dann?«, knurrte Frederik. Fossy war sein bester Freund, doch jetzt nervte er ihn entsetzlich.

»Du hast sie doch verarztet, oder? Du hast sie doch angefasst und hergeschleppt. Hier und da sind Frauen anders als Männer, Alter. Gib's zu, du hattest Schiss, sie genauer zu untersuchen.«

»Sie hatte den verdammten Helm auf«, fuhr Frederik ihn an. »Und diesen Kampffliegeranzug. Glaubst du, die steigt in Bikini und High Heels ins Flugzeug?«

»Von einer Französin hätte ich das schon erwartet«, konterte Fossy und lachte.

»Hör auf mit dem Scheiß!«, fluchte Frederik. »Ich hatte einfach keine Zeit. Die hätten uns fast erwischt, schon vergessen? Bist du schon mal vor einem Hubschrauber geflohen? Solche Angst willst du nicht haben. Und hast du schon mal einen Verletzten durch den Wald geschleppt, ohne zu wissen, ob er überhaupt noch lebt? Oder ob *sie* überhaupt noch lebt. Was meinst du, was einem da alles durch den Kopf geht? Ich hätte ihr eine Liege bauen und sie vorsichtig hinter mir herziehen müssen. Aber ich hatte verdammt nochmal keine Zeit. Und jetzt liegt sie bewusstlos da und stirbt vielleicht, weil ich sie mir einfach über die Schulter geworfen habe. Und du machst blöde Kindergarten-Witze.«

Damit war die Stimmung endgültig am Boden. Als Fossy bemerkte, wie Leonie resigniert den Kopf schüttelte, wurde auch sein Gesicht ernst. Er schien zu erkennen, dass er zu weit gegangen war.

»Schon gut, Mann«, grummelte er und schaute in die nicht vorhandene Glut. »Entschuldige, das war gemein.«

Sie schwiegen wieder und warteten. Vielleicht darauf, dass es Tag wurde und der Krieg endlich vorbei war.

»Du hättest sie zurücklassen müssen.« Frederik hatte sich schon gefragt, wann Leonie endlich mit dieser Erkenntnis um die Ecke kommen würde. Sie nahm nie ein Blatt vor den Mund und sprach stets aus, was sie dachte. »Du hättest sie nicht herbringen dürfen.«

»Dann wäre sie jetzt tot«, verteidigte sich Frederik. »Oder sie würde in irgendeinem Lager in Sibirien krepieren.«

»Hier krepiert sie auch. Hast du selbst gesagt.«

»Sie hätten sie einkassiert, Leonie. Du weißt, was das bedeutet.«

»Ja, das weiß ich.«

»Also?«

»Besser sie als wir.«

»Wie bitte?«

»Sie bringt uns alle in Gefahr, Frederik. Die Russen haben den Fallschirm gefunden, aber keinen

Piloten. Sicher sagen sie sich jetzt: Oh wie schade, den hätten wir so gerne in ein schönes Arbeitslager gesteckt. Leider geht das jetzt nicht. Na, dann haben wir wohl Pech gehabt. Nein, Frederik, sie werden nach einem Piloten suchen. Und weil sie keinen finden, kommen sie auch hierher. Und hier finden sie dann doch einen. Eine.«

»Du hättest sie einfach hängen lassen?«

»Kannst du Gift drauf nehmen. Aber es ist vollkommen egal, was ich getan hätte. Viel wichtiger ist doch, wie du die Sache jetzt in Ordnung bringen willst.«

Betroffen schaute Frederik sie an. Leonie sah ihm direkt in die Augen, Fossy blickte zu Boden.

»Ich dachte, wir hätten ein gemeinsames Ziel«, entgegnete Frederik. »Ich dachte, uns allen läge etwas daran, Menschen vor Schaden zu schützen. Wir sind doch hier, weil wir niemandem etwas antun wollen. Wir sind doch hier, weil wir jedes Leben achten, nicht nur unser eigenes. Ich jedenfalls. Du nicht? Dachte ich die ganze Zeit. Wenn du das anders siehst, warum bist du dann hier?«

»Aus denselben Gründen wie du, Frederik. Aber sie wird uns den Kopf kosten.«

»Uns den Kopf? *Sie* ist es doch, die in Gefahr ist. Und wir können sie beschützen. Okay, vielleicht nicht ohne Risiko für uns selbst. Hast du etwa gedacht, unser Leben wäre ein Spaziergang, nur weil wir Pazifisten sind?«

Leonie schaute zur Seite. Man sah ihr an, wie es kochte in ihr.

»Ich will, dass wir abstimmen«, entschied sie.

»Abstimmen worüber?«, fragte Frederik.

»Ob wir sie zurückbringen.«

»Hast du 'nen Knall?«

»Ich will, dass wir abstimmen, ob wir sie ins Tal zurückbringen. Vielleicht kommt ja eine Suchmannschaft aus dem Westen, dann ist sie gerettet und wir sind das Problem los.«

»So ein Schwachsinn. Wir sind hier auf feindlichem Gebiet. Die schicken doch keine Suchmannschaft hinter die Frontlinien.«

»Ihr Schleudersitz hat einen Sender. Die wissen genau, wo sie ist. Wenn sie bei ihrem Schleudersitz bleibt, können sie sie finden.«

»Das träumst du, weil du sie loswerden willst.«

»Sie hat recht, Frederik«, bestätigte Fossy. »Wer weiß, ob die Pilotin hier gesund werden kann. Und das mit dem Sender stimmt auch. Ich glaube nicht, dass die eigene Luftwaffe sie im Stich lässt.«

»Ob sie in deiner Hütte überlebt, ist mehr als fraglich«, bekräftigte Leonie. »Sie ist bewusstlos, vielleicht liegt sie im Koma. Wenn sie Pech hat, ist ihr Schädel gebrochen. Damit ist sie sogar beim Arbeitslager-Sani besser aufgehoben als hier.«

Leonie hatte nicht ganz unrecht. Dennoch war Frederik entsetzt. Er hatte die Verletzte doch nicht den ganzen Weg hier heraufgeschleppt, nur um sie jetzt wieder zurückzubringen.

»Du weißt, dass sie den Transport kein zweites Mal überlebt«, hielt er dagegen.

»Wir bringen sie gemeinsam ins Tal«, sagte Leonie. »Auf einer Trage. Sie wird kaum etwas merken.«

»Das meinst du nicht ernst. Wir bringen sie damit um. Bist du wirklich so skrupellos? Vielleicht wärst du bei den Slayern besser aufgehoben. Sie bleibt hier, basta!«

»Nur weil du ein Mal eine Mission angeführt hast, bist du noch lange nicht unser Boss«, stellte Leonie klar. »Wenn einer von uns die Abstimmung will, wird abgestimmt, so lautet die Regel. Und ich will die Abstimmung. Morgen früh. Bei Wachwechsel.«

4

»Wie geht es ihr?«

Fossy zwängte sich durch den schmalen Eingang in die niedrige Hütte hinein. Frederik hockte auf dem Boden neben seinem einfachen Lager, auf dem jetzt die Pilotin lag. Seit gut vier Stunden war er inzwischen bei ihr. Immer wieder fühlte er ihren Puls und kontrollierte ihre Atmung.

»Ich kann dich ablösen, wenn du willst.«

»Mich wundert, dass sie lange Haare hat«, ignorierte Frederik das Angebot. »Müssen Soldaten nicht kurze Haare haben?«

»Frauen wahrscheinlich nicht«, sagte Fossy.

»Oh«, staunte Frederik. »Sexismus in der französischen Luftwaffe?«

»In Deutschland ist es genauso. Männer kurz, Frauen, wie sie wollen. Nur zusammengebunden müssen sie sein und möglichst unaufdringlich.«

»Zusammengebunden waren ihre auch. Wir haben ihr den Pferdeschwanz aufgemacht, damit ihr Kopf bequemer liegt.«

»Leonie und du?«

»Genau. Als sie sie noch nicht loswerden wollte.«

Leonie war im Camp gewesen, als Frederik am Vorabend den Berg heraufgekommen war. Sofort hatte sie mit angefasst und geholfen, einen ohnmächtigen Jetpiloten auf den Boden zu legen. Als ehemalige Medizinstudentin verfügte sie über die beste medizinische Kenntnis von ihnen allen. Sofort hatte sie begonnen, sich um den Verletzten zu kümmern, während Frederik erschöpft daneben kniete und eine Flasche Wasser leertrank. Gemeinsam streiften sie ihrem bewusstlosen Schützling den Helm ab und staunten über einen Pferdeschwanz am Hinterkopf. Dann zogen sie ihm den Overall aus, und von da an gab es keinen Zweifel mehr: Der Pilot war eine Pilotin. Leonie untersuchte sie eingehend, entdeckte aber nur ein paar Schürfwunden. Doch es quoll wieder Blut aus der Nase, was beide Retter sehr beunruhigte.

Unter dem Overall trug sie noch Leggins und ein T-Shirt. Doch es wurde zunehmend kälter im Wald, und so zogen sie ihr ein paar Klamotten von Frederik über, brachten sie in seine Hütte und deckten sie gut zu. Frederik entfernte das eingetrocknete Blut, wusch ihr das Gesicht und folgte dann Leonies Anweisung, regelmäßig ihre Lebenszeichen zu überprüfen. Und das tat er auch jetzt wieder, weit nach Mitternacht.

»Drei Stunden noch bis zur Wachablösung«, sagte Fossy.

»Wie wirst du abstimmen?«

»Na hör mal«, empörte sich Fossy. »Haben wir jemals unterschiedlich abgestimmt? Aber wir sind nur zwei.«

»Was ist mit Tom und Jerry?«

»Das wissen wir erst, wenn ihre Wache endet«, sagte Fossy.

Frederik kontrollierte erneut den Puls und hielt sein Ohr über den offenen Mund seiner Patientin.

»Alles in Ordnung mit ihr?«, fragte Fossy.

Frederik nickte.

»Da hast du mir ja ganz schön was eingebrockt«, sagte er. Fossy brauchte einen Moment, um zu begreifen, dass nicht er gemeint war. »Ist doch okay, wenn ich dich duze, oder? Kennt ihr überhaupt das Sie in Frankreich?« Kurz blickte er zu Fossy auf. »Fossy, gibt es das Sie im Französischen?«

»Woher soll ich das wissen? Ich hatte nie Französisch.«

»Na, egal«, befand Frederik. »Ich sag einfach Du zu dir. Immerhin liegst du in meinem Bett.«

»Und, soll ich dich jetzt ablösen, oder nicht?«

»Nein danke, Fossy. Ich mach das hier schon.«

»Okay. Aber nicht, dass du dich noch verliebst.«

»Raus jetzt!«, lachte Frederik, und Fossy verschwand durch die Tür nach draußen.

»Verlieben?«, fragte Frederik die Frau in seinem Bett. »Verlieben? In dich etwa?«

Er betrachtete ihr Gesicht und konnte sich nicht entscheiden. War sie nun hübsch oder nicht? Sie sah nicht besonders vorteilhaft aus, wie sie dalag mit halb offenem Mund und ausgetrockneten Lippen. Doch ja, sie könnte ihm schon gefallen, dachte er. Wenn sie nur nicht Soldatin wäre.

»Fossy heißt übrigens nicht wirklich Fossy«, sagte er. »Aber er ist so schmal und zierlich wie ein Fossa. Fossa – kennst du nicht? Fossas sind kleine Raubkatzen und leben auf Madagaskar. Ganz schmale Tierchen. Und Tom und Jerry heißen auch nicht Tom und Jerry. Wir nennen sie nur so, weil sie unzertrennlich sind, sich aber ständig anzicken. Sie haben eine gemeinsame Hütte und immer zusammen Wachdienst. Vermutlich sind sie schwul, aber ganz sicher sind wir uns nicht. Fossy macht ständig seine

Witze darüber, aber gefragt hat sie noch keiner von uns, nicht einmal Leonie. Erbärmlich, oder? Sag mal, ist dir nicht zu warm?«

Er fühlte mit seinem Handrücken auf ihrer Stirn und an ihrer Wange. Dann zog er die Decke etwas zurück, die er ihr vorhin bis zum Kinn hinaufgezogen hatte. Noch immer, fiel ihm auf, klebte etwas Blut an ihrem Hals. Er nahm einen nassen Lappen und begann, es zu entfernen.

»Warum wird man eigentlich Kampfpilotin?«, fragte er. »Also ich fliege gerne, aber Fossy hat Angst vorm Fliegen. Er fühlt sich da so ausgeliefert. Aber gut, als Pilotin hat man ja alles selbst im Griff. Ist wie Autofahren, oder?«

Das Blut war hartnäckig. Er wollte ihr nicht die Luft abdrücken, also musste er viele Male vorsichtig nachwischen, vom Kinn hinab bis zu den Schlüsselbeinen. Dann legte er den Lappen beiseite und betrachtete lange ihr Gesicht.

»Warum Jungs Kampfpiloten werden wollen, weiß ich natürlich. Die zocken ja den ganzen Tag. Mit dem Bomber Städte ausradieren, Panzer abschießen, Flugzeuge jagen oder einfach mit dem Bordgeschütz die Feinde aballern – ist eher so ein Jungs-Ding, oder? Kampfjet fliegen finden sie jedenfalls alle cool. Aber Mädchen? Ich dachte immer, ihr wärt anders.«

Frederik schlug die Decke noch weiter zurück bis hinunter zu ihrer Hüfte. Brust und Bauch hoben und senkten sich im Takt ihrer Atmung.

»Ich verstehe nicht, warum man als Frau Soldatin wird. Ihr Frauen seid doch die Schöpfer des Lebens. Ich meine, ihr kriegt die Kinder. Irgendwie seid ihr doch viel näher dran am Schöpfungsakt als Männer. Ihr spürt doch euer Kind im Bauch, wie es sich bewegt und sogar tritt. Ihr tragt das Leben in euch. Wie könnt ihr es dann zerstören? Aber du bist sicher keine Mutter, oder?«

Frederik berührte ihre Hand, die neben ihrer Hüfte lag. Gut fühlte sie sich an. Sie war warm und weich und für jemanden, der im Krieg kämpfte, erstaunlich schlank.

»Wie kann man mit so kleinen Händen nur ein so großes Flugzeug lenken? Und Bomben werfen und Raketen abfeuern? Du bist so schlank und zierlich wie Fossy, das ist nicht gerade passend für den Krieg. Aber mit einem Hundertmillionen-Euro-Jet unterm Hintern geht schon was, oder? Okay, die Mirage war vielleicht nicht ganz so teuer. Aber teuer genug, dass sie in ihrem Alter noch immer nicht verschrottet ist. Das heißt, jetzt ja schon. Die hat gut gebrannt, sage ich dir. Und dein Helm ist auch Schrott. Den haben wir hinter der Hütte entsorgt. Der neueste Helm für die amerikanische F35 soll eine halbe Million kosten. Deiner liegt jedenfalls jetzt hier im Wald und vermodert, gemeinsam mit deinem Overall.«

Vorsichtig hob er ihre Hand an und legte sie auf ihren Bauch. Dann suchte er ihre andere und legte sie auf die erste. Beide schwebten jetzt auf und ab.

»Ach ja, und die Kosten für eine einzige Kampfjet-Flugstunde. Siebzigtausend beim Eurofighter, habe ich mal irgendwo gelesen. Und eure Ausbildung: mehrere Millionen. Tja, damit bist du wohl eine ganz teure Frau. Und jetzt liegst du auch hier im Wald. Ob du gesund wirst oder vermoderst, hier oder in irgendeinem Arbeitslager, das wird sich erst noch zeigen.«

Frederik umfasste ihre beiden Handgelenke und hob die Arme in die Höhe. Mit seiner anderen Hand zog er die Decke wieder hinauf und legte ihre Arme wieder ab.

»Was hätte man mit dem Geld nicht alles anfangen können? Friedenserziehung zum Beispiel, Friedenscamps, Anti-Aggressions-Trainings – finde ich jedenfalls deutlich sinnvoller als euer Säbelrasseln und Stärke-Demonstrieren. Ohne euch hätte die Politik den Ball jedenfalls flach halten müssen. Ohne Leute wie dich hätte der Westen dem Osten respektvoll begegnen müssen, jeder von uns jedem von denen da drüben. Und umgekehrt. So aber wurde uns allen dieser Krieg aufgezwungen. Aber nicht mit mir, Fräulein. Da mache ich nicht mit. Und meine Freunde da draußen auch nicht.«

Frederik beugte sich vor, ganz dicht über ihr Gesicht.

»Keine Sorge, ich lasse dich nicht vermodern. Dafür habe ich dich nicht vom Baum geschnitten und auch nicht den ganzen Weg hier hoch geschleppt. Ich habe dich jetzt wohl am Hals. Ja, du bist mir eine Last, aber mir ist jedes Leben wichtig. Selbst deins, obwohl du selbst sicher viele auf dem Gewissen hast. Ich werde schon auf dich achtgeben. Aber mich in dich verlieben? Träum weiter. Ich hasse dich, wie ich alle Soldaten hasse. Das wird wohl noch erlaubt sein, selbst einem Pazifisten.«

Frederik krabbelte in die hinterste Ecke seiner Hütte, lehnte sich an den niedrigen Holzpfeiler und starrte vor sich auf den Boden. Er dachte an die ersten Meldungen über den Krieg vor vielen Monaten und wie er bereits vorher entsetzt gewesen war über das stetige Driften der westlichen Verbündeten Richtung Kriegsbeginn. »Wir müssen die Freiheit verteidigen«, hatte es allerorten geheißen, und kaum jemand hatte das infrage gestellt. »Wir haben keine andere Wahl«, hatten die Politiker behauptet, fast einhellig mit dem Volk. »Man hat immer eine Wahl«, hatte Frederik dagegengehalten. Doch damit stand er allein und wurde beschimpft dafür. Dann aber lernte er Leonie kennen, eine entschiedene Pazifistin. Sie versprachen sich gegenseitig, niemals einen Menschen zu töten, egal, wie sehr der Krieg sie bedrängte, und egal, was sie zu verlieren drohten. Und dann kam der Tag, an dem Frederik einberufen wurde ...

»Komm raus, Frederik«, hörte er plötzlich Fossy von draußen rufen. »Wir haben ein Problem!«

5

Draußen standen Fossy und Leonie und sprachen mit jemandem. Erst als er zu ihnen trat, erkannte Frederik im Mondlicht, dass es Jerry war.

»Tom wurde entführt«, wiederholte Leonie für Frederik, was sie gerade eben erfahren hatte.

»Entführt? Von wem?«

»Keine Ahnung«, antwortete Jerry, noch immer völlig außer Atem. »Er wurde einfach überrumpelt und einkassiert.«

»Überrumpelt?«

»Wegen seiner Sextanerblase. Er musste ja unbedingt zum Schiffen ins Gebüsch.«

»Hast du niemanden gesehen?«, fragte Leonie.

»Niemanden.«

»Gehört?«

»Sie waren absolut lautlos. Aber Tom hat aufgeschrien. Ich hab sofort nachgesehen, aber er war weg. Nur seine Mütze lag noch da.«

Er hielt eine Baskenmütze in den Händen, eindeutig Toms Kopfbedeckung.

»Wir müssen ihn suchen«, bestimmte Leonie und wollte ihren Rucksack aus ihrer Hütte holen. Doch plötzlich traten weitere Personen ins kleine Camp. Mindestens sechs Gestalten umzingelten sie. Jede von ihnen war mit einer langen Lanze bewaffnet.

»Nicht nötig«, sagte eine Stimme, die sie alle gut kannten. »Wir haben ihn für euch gefunden.«

Es war Dragons Stimme, und Dragon selbst hielt Tom am Kragen, schob ihn vor sich her und schubste ihn zu Boden.

»Wollte sich gerade einen runterholen, da lief er uns über den Weg. Vielleicht solltet ihr lieber ganze Männer auf Wache schicken und keinen verdammten Wichser.«

Jerry lief zu Tom hinüber, um ihm aufzuhelfen, doch Dragon hinderte ihn daran, indem er ihn mit der Spitze seiner Lanze bedrohte.

»Halt, nicht so schnell«, brummte er. »Deinem Schwuchtel-Freund ist schon nichts passiert.«

»Lass ihn in Ruhe!«, schnauzte Leonie ihn an. Sie war immer schon die furchtloseste von ihnen gewesen. Jetzt ging sie direkt auf Dragon zu und stellte sich ihm in den Weg. Sofort schwebten drei weitere Lanzenspitzen vor ihrer Brust. Doch sie ließ sich nicht beeindrucken und drängte noch einen Schritt näher an Dragon heran. »Was wollt ihr hier?«

Dragon rührte sich nicht. Er blickte Leonie böse an und schien das Spiel zu spielen: Wer wegguckt, hat verloren. Er war der Boss der Slayer, einer besonders üblen Gruppe ehemaliger Prepper, die auf der Spitze des Nachbarberges ihr Camp hatten. Sie schienen nur auf den Krieg gewartet zu haben, um ihr eigenes Abenteuer auszuleben. Sie kleideten sich martialisch, trugen möglichst furchterregende Masken aus Leder und Tierknochen, Ketten mit Wildschweinzähnen und dornenbesetzte Stiefel. Bei manchen von ihnen baumelten die Schrumpfköpfe erlegter Tiere am Gürtel. Menschenköpfe wären ihnen vermutlich lieber gewesen.

Sie alle waren Waffennarren. Für ihre vor dem Krieg illegal angesammelten Schusswaffen war ihnen aber längst die Munition ausgegangen, und so hatten sie sich ihre Lanzen gebastelt und riesige Bogen, die sie stets auf dem Rücken trugen, gemeinsam mit überdimensionalen Pfeilen. Hauptsache groß, schien ihre Devise, und Hauptsache böse. Ein paarmal im Jahr kamen sie hier vorbei und machten Ärger.

Dragon löste den Blick von Leonie, verlor damit sein eigenes Spiel und schaute auf Tom herab. »Nur

Spaß, Leonie, nur Spaß«, lachte er und hob seine Lanze. Seine Schergen taten es ihm gleich. »Wir sind doch Freunde.«

»Dann benehmt euch wie Freunde«, fauchte Leonie ihn an.

»Freunde necken sich, Schätzchen«, behauptete Dragon, trat einen Schritt auf sie zu und tätschelte ihre Wange. Dann schob er sie zur Seite und ging zur kalten Feuerstelle hinüber. »Ist euch das Holz ausgegangen?«

»Und ihr?«, provozierte Leonie. »Habt ihr etwa eure Fackeln vergessen?«

Frederik bewunderte Leonie, immer schon. Nie zeigte sie Angst vor den schrägen Nachbarn. Selbst ihr Feuer scheute sie nicht, wenn sie wie sonst üblich mit riesigen Fackeln ins Camp stampften und damit umherfuchtelten, als wollten sie einen Großbrand legen. Sie stellte sich ihnen immer in den Weg und hatte stets Erfolg damit, obwohl ihre Gegner genau wussten, dass sie niemals Gewalt anwenden würde. Dabei hatte sie nicht etwa einen Frauen-Bonus. Es war tatsächlich ihr Mut, der diese Typen mit einem Möchtegern-Drachen als Chef einschüchterte. »Löwen und Drachen musst du mit Geschrei begegnen«, hatte sie Frederik einmal erklärt. »Wenn du den Schwanz einziehst, beißen sie zu.«

»Wir sind hier, um euch zu warnen«, sagte Dragon.

»Soso«, sagte Leonie in betont gelangweiltem Ton und stellte sich neben ihn. »Und wovor?«

»Vor dem Flieger im Tal, gestern Abend. Stell dich nicht dümmer an, als du bist, Miststück.«

Leonie sagte nichts. Sie war es gewohnt, von Dragon mit Schimpfworten bedacht zu werden. Ihr Blick folgte Jerry, der Tom auf die Beine half und ihn zur gemeinsamen Hütte brachte.

»Wir haben alles vom Sturmkopf aus gesehen«, sagte Dragon. »Abgeschossen von den Russen. War ein schönes Feuerwerk. Der Pilot ist vorzeitig ausgestiegen. Eine Stunde später haben die Russen einen Suchtrupp abgesetzt. Sechs Mann. Kurz darauf haben sie genau sechs Mann wieder aufgenommen. Nicht mehr und nicht weniger. Was glaubst du, was das bedeutet?«

»Der Pilot war schon tot. Oder sie haben ihn massakriert. Oder nicht gefunden.«

»Genau«, bestätigte Dragon. »Und ihr vermutet wohl Letzteres, denn ihr versteckt euch hier im Dunkeln. Gar nicht eure Art.«

»Menschen ändern sich.«

Dragon ging um Leonie herum und stand nun direkt hinter ihr. Er kam ihr so nah, dass sein Gesicht ihr Haar berührte.

»Ihr habt nicht zufällig einen Bruchpiloten durch unseren Wald laufen sehen?«, raunte er ihr ins Ohr.

»Nicht einen einzigen«, sagte Leonie und rührte sich nicht.

»Ihr wisst, dass der ausgeschaltet gehört?«

»Warum?«

»Weil er uns alle verrät, wenn er uns entdeckt. Ist doch klar.«

»Hast du kein Vertrauen in die Menschen?«

Plötzlich hatte Dragon ein Messer in der Hand. Blitzschnell führte er es von hinten an Leonies Kehle und riss ihr an den Haaren den Kopf in den Nacken. Frederik schrie auf vor Schreck.

»Hör zu, du abgefuckte Bitch«, grollte Dragon. »Ich glaube, *du* bist hier diejenige, die zu viel Vertrauen in die Menschen hat. Wenn ihr grünversifften Pazifistenschweine mehr wisst, als ihr zugeben wollt, dann schneide ich dir deine hübsche Gurgel durch. Also nochmal nett und freundlich: Habt ihr den verfickten Piloten gesehen?«

Leonie brauchte lange, um sich zu einer Antwort durchzuringen. Frederik glaubte schon, er würde sie gerade zum letzten Mal lebend sehen, denn Dragon zuckte beinahe unkontrolliert mit dem Messer vor ihrem Hals herum. Doch dann begann sie zu wimmern.

»Ja, haben wir«, gab sie zu. Ihre Stimme klang jetzt panisch und gebrochen. Dragon aber rastete aus.

»Ach, sieh an!«, schrie er voller Zorn und zog noch stärker an ihren Haaren. »Ihr habt ihn also gesehen! Was soll das heißen, ihr habt ihn gesehen?«

»Ich sag's dir ja«, quetschte Leonie hervor, die mit überstrecktem Hals kaum sprechen konnte.

Dragon lockerte seinen Griff. »Ich bin ganz Ohr.«

Leonie atmete schwer. Selbst im Halbdunkel der Vollmondnacht konnte Frederik erkennen, wie sie mit sich rang. Ihre Optionen waren schlecht. Dragon zu unterschätzen, war keine gute Idee. War dieser Typ schlecht drauf, dann würde irgendjemand sterben, egal was sie jetzt sagte. Log sie und Dragon käme dahinter, dann wäre sie selbst sofort tot. Sagte sie die Wahrheit, würde die Pilotin den Tag wohl nicht überleben; und ihr Retter vermutlich auch nicht. Frederik ergriff die Panik. Von jetzt auf gleich sah er sein eigenes Leben in Gefahr, weil er ein anderes hatte schützen wollen. Noch dazu hasste er diese Frau in seiner Hütte, das hatte er ihr zumindest an den Kopf geworfen. Aber er hatte ihr auch versprochen, sie nicht vermodern zu lassen. Das Baumeln an einem Slayer-Gürtel schloss das mit ein. Aber wie sollte er sie schützen, wenn Leonie jetzt einknickte?

»Ich habe ihn aussteigen sehen«, brachte Leonie endlich hervor. »Genau wie ihr. Ich habe den Absturz beobachtet. Auch den Suchtrupp habe ich gesehen.«

»Du mieses Stück Scheiße!«, brüllte Dragon und stieß sie wie schon Tom zu Boden, genau in die Feuerstelle. »Du hast also alles beobachtet und sagst mir nichts? Das ist ein Fehler, du schäbige Schlampe. Ein ganz großer Fehler. Ich bin es nicht gewohnt, dass man mir nicht auf Anhieb alles sagt. Und ich muss feststellen: Es fühlt sich gar nicht mal so gut an.«

Wie ein wildes Tier im Zoo lief er hinter Leonies Rücken hin und her. Das Messer hielt er in der Faust und fuchtelte damit in der Gegend herum.

»Seht ihr?«, schrie er jetzt seine Männer an. »Das meine ich mit fucking Loyalität. Ich muss euch vertrauen können. Wer mir etwas verschweigt, verliert seinen Kopf, capisce? Das muss so sein. So einfach ist das. Sonst kann ich euch nicht gebrauchen. Alle nicht. Und diese Dreckshure hier war nun wirklich nicht loyal. Aber ich habe ausgezeichnete Laune heute.« Damit wandte er sich wieder an Leonie. »Glück für dich, Bitch. Mich interessiert jetzt nur noch, ob du zufällig nach dem Piloten gesucht hast, wo du doch einmal gesehen hast, wo er runtergekommen ist. Und ob du ihm guten Tag gesagt hast.«

»Machst du Witze?« Leonie versuchte sich aufzurichten, doch Dragon drückte sie mit dem Stiefel in die Asche zurück und führte die Lanzenspitze in ihren Nacken. Fossy machte einen Schritt vorwärts, doch Frederik hielt ihn am Ärmel. Leonies Stimme zitterte, als sie weitersprach. »Ich geh doch nicht da hin, wo ein Kampfpilot rumläuft oder jederzeit ein neuer Suchtrupp. Solchen Leuten gehen wir aus dem Weg, Mann! Darum sind wir hier.«

Dragon stand da und genoss den Moment. Nacheinander schaute er Frederik und Fossy in die Augen. Was er sah, waren Angst und Panik. Frederik wusste, er konnte und würde nichts unternehmen, um Leonie zu retten. Seine einzige Hoffnung war die auf Dragons ausgezeichnete Laune. Fossys Fäuste waren geballt, doch auch er schien keinen Weg zu sehen, das Schlimmste noch abzuwenden. Tränen standen ihm in den Augen; jeder wusste, wie verknallt er in Leonie war. Frederik sackte neben ihm zusammen und fiel mit den Knien auf den feuchten Waldboden. Dragon aber stellte offensichtlich zufrieden, was er mit seinem Auftritt erreicht hatte, und so nahm er endlich Lanze und Stiefel von Leonies Rücken.

»Okay«, sagte er. »Wenn das so ist.« Er gab seinen Leuten einen Wink und sie verschwanden zwischen den Bäumen. Er selbst beugte sich zu Leonie hinab. »Nur Spaß, Schätzchen, nur Spaß. Aber wenn du nochmal auf die Idee kommst, mir was zu verheimlichen, dann fick ich dich tot, geddit? Euch alle!« Damit drehte er sich um und verschwand. »Ihr müsst euch um nichts kümmern«, rief er noch aus dem Dunkeln. »Wir erledigen den Kerl für euch.«

Leonie blieb am Boden hocken. Die anderen umringten sie. Selbst Tom und Jerry kamen aus ihrer Hütte.

»Alles okay?«, fragte Fossy und legte seine Hand auf ihre Schulter und wischte sich mit der anderen die Tränen aus dem Gesicht. Er versuchte, ihr auf die Beine zu helfen, doch sie wehrte ihn ab.

»Lass mich«, sagte sie, richtete sich halb auf und ließ sich auf einen der Sitzklötze fallen.

»Du bist ein Teufelsk... – ein Teufelsweib, Leonie«, schwärmte Fossy. »Du hast sie nicht ans Messer geliefert.«

Frederik stand still dabei. Er verstand noch nicht, was geschehen war.

»Warum hast du sie nicht verraten?«, fragte er nach einer Weile.

Leonie blickte auf zu ihm und zuckte mit den Schultern. »Wie geht's ihr überhaupt?«, fragte sie. »Schlägt ihr Herz noch?«

»Oh«, sagte Frederik. »Fossy, schaust du kurz nach ihr?«

Fossy nickte und verschwand in Frederiks Hütte.

»Warum hast du sie beschützt?«, fragte Frederik. »Du wolltest sie doch loswerden.«

»Falsch«, widersprach Leonie. »Ich will nur keinen Ärger.«

»Aber du hättest dir die Kehle durchschneiden lassen, um sie zu retten.«

»Der Typ triggert mich einfach. Von mir kriegt der gar nichts.«

Sie versuchte aufzustehen, brauchte aber mehrere Versuche.

»Ihr könnt gerne noch Party machen, Jungs«, sagte sie. »Ich geh ins Bett.« Dann wankte sie zu ihrer Hütte.

Auch Tom und Jerry zogen sich zurück. Frederik blieb allein auf dem Platz und schaute hinauf zu den Sternen. Ja wirklich, er bewunderte Leonie. Diese Frau war die tapferste Person, die er kannte. Sie ließ sich von niemandem einschüchtern und hatte keine Angst vor dem Tod. Jedenfalls hatte sie kein Problem, in einer Männerwelt zu bestehen. Frederik imponierte das. Er liebte starke Frauen. Eigentlich ein Wunder, dachte er, dass es nie gefunkt hatte zwischen ihnen beiden.

»Danke, Leonie!«, rief er in die Nacht hinaus.

»Alles gut!«, hörte er sie antworten. Er lächelte, drehte sich um und ging zu seiner Hütte. Fossy erwartete ihn am Eingang.

»Frederik, schnell«, sagte er. »Sie ist wach.«

6

Ihre Augen waren geöffnet. Ihr Blick wirkte leer. Sie schien nicht wahrzunehmen, dass Frederik zu ihr ans Lager kroch. Als er sich über sie beugte und sie ansah, erschrak sie.

»Keine Angst«, flüsterte er, und tatsächlich beruhigte sie sich. »Sie sind in Sicherheit.«

Fossy kam ebenfalls hereingekrochen und hockte sich neben ihn.

»Was heißt Sicherheit auf Französisch?«, fragte Frederik.

»Ich hatte doch kein Französisch.«

»Wie soll ich denn dann mit ihr reden?«

»Versuchs mit Englisch.«

»Ah, okay. Please, no fear. You are save now.«

Sie holte mehrfach Luft und bewegte ihre Lippen, doch dann hustete sie nur.

»Don't speak«, riet Frederik. »Relax. You have to rest for a while.«

Sie schien ihn zu verstehen, denn sie schloss ihre Augen und entspannte sich. Frederik glaubte, dass sie einschlief, doch dann bemerkte er, dass sie ihn durch die Schlitze zwischen ihren Lidern hindurch ansah. Er versuchte zu lächeln und dabei größtmögliche Zuversicht in seine Gesichtszüge zu legen. Sie durfte sich nicht aufregen, das hatte Leonie ihm eingeschärft. »Wenn sie wach wird, muss sie ruhig bleiben«, hatte sie gesagt. Frederik musste die Pilotin jetzt also daran hindern zu realisieren, dass sie schwer verletzt unter dem niedrigen Dach einer dunkeln Hütte mitten im Wald auf Feindesgebiet lag.

Nach einer Weile löste sie ihren Blick von ihm und schaute sich vorsichtig um.

»What's your name?«, fragte Frederik, obwohl sie eigentlich nicht reden sollte; er war einfach zu neugierig. Sofort fixierte sie ihn wieder, doch eine Antwort bekam er nicht.

»My name is Frederik«, sagte er und legte eine Hand an seine Brust. »Frederik, you understand?«

Sie nickte kaum merklich und lächelte. »Frederik«, flüsterte sie. »Frederik.«

»Vielleicht braucht sie Wasser«, vermutete Fossy und reichte Frederik die Plastikflasche mit frischem Quellwasser, die sie am Abend bereitgestellt hatten.

Vorsichtig half Frederik ihr, den Kopf anzuheben und ein paar Schlucke zu trinken. Anschließend begann sie wieder, sich umzusehen.

»So, what's your name?«, fragte Frederik erneut. Sie schloss ihre Augen und sah aus, als suche sie in ihrem Inneren nach ihrem eigenen Namen.

»Thérèse?«, fragte Frederik ins Blaue. Wieder lächelte sie und deutete ein Kopfschütteln an. »Renée?« Sie öffnete die Augen und sah ihn an. »Nathalie? Louise? Bernadette?«

»Willst du jetzt alle französischen Namen durchprobieren?«, fragte Fossy ungläubig.

»Adèle? Colette? Véronique?«

»Nadja«, antwortete sie leise. »Ich heiße Nadja.«

»Oh«, brachte Frederik hervor. »Sie sprechen Deutsch?«

Sie nickte und musste wieder husten. Noch einmal half er ihr zu trinken.

»Okay, Nadja. Das ist ja eine Überraschung. Aber jetzt entspannen Sie sich wieder.«

»Du«, sagte sie.

»Wie bitte?«

»Wir waren beim Du.«

»Oh.« Frederik war perplex. »Sie haben mich vorhin reden hören?«

»Wo bin ich?«, ignorierte sie seine Frage.

»In Sicherheit.«

»Wo bin ich?«, blieb sie am Ball. Frederik verstand, dass er ihr nichts vormachen konnte.

»Sie sind ... du bist ... wir sind hier in einem Waldgebiet. Dies ist meine Hütte. Ich lebe hier mit ein paar Freunden. Du bist hier in Sicherheit und musst dich erholen.«

»Mein Flugzeug?«

»Dein Flugzeug ist ...« Frederik war sich unschlüssig, wie viel er ihr verraten sollte. Doch sie würde vermutlich sowieso nachbohren. »... ist Schrott. Du wurdest abgeschossen. Ich habe dich gefunden und hierher gebracht.«

»Und jetzt hast du mich am Hals.« Sie hustete wieder, heftiger als zuvor. Frederik musste sie daran hindern, sich aufzurichten.

»Das habe ich nicht so gemeint«, sagte er.

»Aber es stimmt doch«, widersprach sie und wandte ihren Kopf zur Seite. »Ich bin eine Last für dich.«

Frederik wunderte sich, wie sehr ihn dieser Satz traf, den er doch selbst gesprochen hatte. Dass sie eine Last für ihn war, hatte er vor wenigen Augenblicken einfach vergessen, genau in dem Moment, als sie ihn angesehen hatte. Dass sie lebte, dass sie in der Lage war zu sprechen, freute ihn mehr, als er vorhin noch geahnt hätte. Ihre schwache Stimme berührte ihn und ihr französischer Akzent gefiel ihm sehr.

»Vergiss einfach, was ich gesagt habe. Ich werde dich nicht im Stich lassen. Du wirst dich hier erholen und dann kommst du nach Hause.«

»Nicht nach Hause«, widersprach sie und riss die Augen auf. Mit einer Hand ergriff sie seinen Arm. »Nicht nach Hause!«

»Okay, okay«, sagte er schnell. »Du bleibst erst einmal hier und erholst dich.«

Er legte eine Hand auf ihre Schulter und spürte, wie schwer sie atmete. Hilfesuchend schaute er zu Fossy hinüber.

»Das ist übrigens Fossy«, sagte er. »Er ist mein bester Freund, so lange ich denken kann. Wir werden gut für dich sorgen.«

»Hallo«, sagte Fossy und beugte sich zu ihr vor. Doch sie hatte die Augen wieder geschlossen. »Fossy«, flüsterte sie. Dann löste sich der Griff ihrer Hand und sie schien wieder wegzudämmern. Frederik ließ es geschehen. Er freute sich, dass sie wieder ruhiger atmete.

»Schläft sie?«, fragte Fossy.

»Glaub schon«, antwortete Frederik.

»Ich hau mich auch noch 'ne Runde aufs Ohr«, sagte Fossy und kroch rückwärts aus der Hütte.

»Warum will sie denn nicht zurück nach Hause?«, fragte Frederik.

»Keine Ahnung«, sagte Fossy und verschwand. Doch dann steckte er noch einmal den Kopf hinein. »Aber ich will auch nicht nach Frankreich.«

Geweckt wurde Frederik durch eine Stimme mit französischem Akzent.

»Frederik«, sagte sie, und sofort war er hellwach. Er saß wieder in einer Ecke seiner Hütte und war wohl eingedöst. Nadja lag auf seinem Lager und schaute ihn an. Wie lange war sie wohl schon wach?

»Nadja«, sagte er und kroch wieder zu ihr.

»Die Vögel«, sagte sie, und tatsächlich waren draußen die Waldvögel erwacht.

»Ja, es wird Tag«, sagte Frederik.

»Wie schön sie singen.«

Die Vögel allerdings hatte Frederik schon lange nicht mehr wahrgenommen. Er lebte seit Monaten hier im Wald, und die Geräusche darin blendete er inzwischen genauso aus wie früher die Straßenbahn vor seinem Schlafzimmerfenster.

»Wie geht es dir?«, fragte er.

»Mein Kopf.«

»Tut weh?«

Sie verzog das Gesicht vor Schmerz.

»Du bist in einem hohen Baum gelandet, mit dem Fallschirm, aber sicher mit ordentlich Speed. Dein Kopf muss gegen einen Ast geschlagen sein. Der Helm war völlig demoliert. Ohne den würdest du jetzt nicht mit mir reden.«

»Danke, Helm«, sagte sie. »Und danke, Frederik.«

»Schon gut«, sagte er. Ihr Dank machte ihn verlegen. »Warum sprichst du so gut Deutsch?«

»Meine Mutter. Sie hat deutsche Wurzeln, wurde aber in Frankreich geboren. Ich bin an der deutschen Grenze aufgewachsen.«

»Und dein Vater? Franzose?«

»Russe.«

»Oh. Dein Vater ist Russe? Deshalb dein Name: Nadja. Aber du bist ...«

»Französin. Double droit du sol – als Kind einer in Frankreich geborenen Mutter bin ich Französin. Aber weil mein Vater Russe war, musste ich sehr lange kämpfen, um Pilotin zu werden. Sie wollten mich nicht bei der Armée de l'Air. Aber ich war gut, sehr gut. Also mussten sie mich nehmen, auch wenn ich ein Kind des Feindes war.«

»Und jetzt hat dieser Feind dich abgeschossen.«

Sie öffnete die Augen wieder und schaute ihn ernst an. Erneut bot er ihr die Wasserflasche an, doch sie schüttelte den Kopf.

»Du bist Pazifist?«, fragte sie.

»Ja, bin ich. Sind wir alle hier.«

»Dann verstehe ich, dass du mich hasst.«

»Ich hasse dich nicht. Es tut mir leid, was ich gesagt habe.«

»Gib dir keine Mühe, Frederik. Du bist wie mein Vater. Er war auch Pazifist. Er hasste vielleicht nicht mich, aber das, was ich tue, die Art, wie ich denke. Er selbst hat in Russland den Kriegsdienst verweigert. Dafür hat er gesessen, drei Jahre lang. Danach war er gebrochen. Er verließ die Heimat und kam nach Frankreich. Und dann, seine eigene Tochter – er wollte nie, dass ich zur Armée de l'Air gehe. Er hat gebettelt, dass ich mir was anderes suche. Natürlich hatte er Angst um mein Leben, aber vor allem um meine Seele. Er wollte nicht, dass ich Menschen töten muss. Das würde mich mein Lebtag verfolgen, hat er gesagt. Er meinte ...«

»Warte!« Frederik hob einen Zeigefinger und schaute unter das Flechtwerk des Daches. Er lauschte. Die Vögel waren verstummt. Stattdessen hörte er – ganz klar: einen Hubschrauber. Noch war er Kilometer weit entfernt, doch er näherte sich schnell. Auch Nadja hörte, was Frederik hörte, und mit einem Mal ergriff sie die Panik. Voller Schreck richtete sie sich auf und ergriff Frederiks Schultern.

»Ganz ruhig«, sagte er und versuchte, sie wieder zurück aufs Lager zu drücken, doch sie wehrte sich dagegen.

»Nicht nach Hause«, sagte sie. »Nein, nicht nach Hause!«

Sie atmete schwer, bekam kaum noch genug Luft, und Frederik sah, wie ihr wieder Blut aus der Nase lief. Jetzt ergriff *ihn* die Panik. Der Hubschrauber war inzwischen so laut, dass er in wenigen Augenblicken direkt über ihnen stehen musste. Sie waren kurz davor, entdeckt zu werden. Nadja, mit der er sich gerade angefreundet hatte, obwohl er sie hasste, fing jetzt in seinen Armen an zu zittern.

»Nicht nach Hause!«, rief sie wieder. Sie begann zu röcheln und sank von allein zurück aufs Bett. Ein paar Mal schnappte sie nach Luft, dann begann ihr ganzer Körper, sich aufzubäumen. Mund und Augen waren weit aufgerissen. Sie versuchte einzuatmen, aber es gelang ihr nicht. Dann schaffte sie es doch, aber nur, um daraufhin am Ausatmen zu scheitern.

»Hilfe!«, rief Frederik. »Fossy, Leonie, ich brauche hier Hilfe!«

Er glaubte nicht, dass ihn jemand hören würde, so laut war der Rotorenlärm draußen geworden. Der Hubschrauber musste jetzt direkt über dem kleinen Feuerplatz stehen und schien sich auch nicht wieder fortzubewegen. Der Wind zerrte am Dach. Äste und Zweige prasselten gegen die Hütte, die wankte, als ginge die Welt unter.

»Nadja!«, rief Frederik. Sie atmete nicht mehr und begann, blau anzulaufen. Er fühlte nach ihrem Puls am Handgelenk, dann am Hals – nichts. »Hilfe!«, brüllte er und versuchte immer wieder, ihren Puls zu finden.

Draußen hörte er Stimmen durch den Lärm. Fremde Stimmen. Befehlende Stimmen. Er hörte

Worte in einer Sprache, die er für Russisch hielt. Er hörte Tumult, er hörte Schreie. Kurz glaubte er, Leonies protestierende Stimme zu hören. Was war da draußen los? Nachsehen konnte er nicht, denn vor ihm lag Nadja und atmete nicht mehr.

Endlich akzeptierte er, dass ihr Kreislauf zusammengebrochen war. Vielleicht hatte sie Vorhofflimmern oder einen Herzstillstand. Wenn er sie nicht verlieren wollte, musste er sofort mit der Reanimation beginnen. Auf seinen Knien rutschte er näher an sie heran. Noch einmal beugte er sich über ihr Gesicht, um ihren Atem zu kontrollieren, doch der Lärm draußen raubte ihm die Sinne. Aber er wusste, er musste jetzt funktionieren. Jede Sekunde war wichtig. Also stemmte er beide Hände auf ihr Brustbein und begann mit der Herzmassage.

»Eins, zwei, drei, ...«, zählte er. Er hatte die Reanimation in der Ersthelfer-Grundausbildung gelernt. »... sieben, acht, neun, ...« Außerdem hatte er mal in einer Dokusoap eine Reanimation gesehen und erinnerte sich daran, dass jeder Herzdruck laut mitgezählt wurde. Doch warum und für wen er jetzt zählen sollte, wusste er nicht. Doch! Jetzt fiel es ihm ein. »... zwölf, dreizehn, vierzehn, ...« Die Regel lautete: Dreißig Mal Herzmassage, dann zwei Mal beatmen. »... einundzwanzig, zweiundzwanzig, dreiundzwanzig, ...« Wie in Trance betrachtete er Nadjas Gesicht. Es zeigte keine Regung. Sie war tot. Und dennoch kämpfte er um ihr Leben. »... neunundzwanzig, dreißig.« Er suchte erneut ihren Puls, ohne Erfolg. Dann hielt er ihre Nase zu und beatmete sie die vorgeschriebenen zwei Mal und begann dann von vorne. »Eins, zwei, drei, ...«

In diesem Moment wurde die klapprige Tür seiner Hütte aufgerissen. Frederik drehte sich nicht um, auch nicht, als er angebrüllt wurde. Er verstand nicht, was da jemand von ihm wollte. Vermutlich sollte er rauskommen und sich zur Erschießung mit den anderen in eine Reihe stellen. Er erwartete jeden Moment einen Schlag mit einem Gewehrkolben auf den Hinterkopf. Doch nichts geschah. Die Tür wurde wieder geschlossen, Anweisungen wurden gebrüllt. »... siebzehn, achtzehn, neunzehn, ...« Dann wurde die Tür erneut aufgerissen. Ein Mann sprach ihn an und kam hereingekrochen – ein Soldat, das erkannte Frederik aus den Augenwinkeln. Dieser Soldat war ihm im Weg für die folgende Beatmung. »... neunundzwanzig, dreißig.«

Unsanft schob Frederik den Fremden beiseite und wunderte sich, dass der sich nicht wehrte. Er beatmete die tote Frau vor sich und ging wieder zur Herzmassage über. Der Soldat fühlte nach Nadjas

Puls, zunächst am Hals, dann kroch er um Frederik herum und tastete in ihrer Leiste. Wieder an der Tür, brüllte er etwas nach draußen, sprach kurz mit jemandem und nahm einen großen Rucksack in Empfang, den er sofort auszupacken begann.

»Schneller«, sagte er plötzlich. »Muss schneller.«

Frederik sah ihn erstaunt an und beschleunigte die Herzmassage.

»Staying alive, staying alive«, sagte der Mann und gab dazu den Takt an. »Staying Alive von Bee Gees. Kennst du? So schnell muss gehen.« Dann begann er zu singen: »Whether you're a brother or whether you're a mother, you're stayin' alive, stayin' alive.« Sein Akzent war russisch und seine Intonation extrem schlecht, doch er sang tatsächlich, während er einen Beatmungsbeutel vorbereitete. Frederik versuchte, genau im Takt auf Nadjas Brustbein zu drücken. »Feel the city breakin' and everybody shakin', we're stayin' alive, stayin' alive, ah, ah, ah, ah, stayin' alive, stayin' alive, ah, ah – okay, stopp!«

Frederik stoppte. Der Mann prüfte Nadjas Puls und schob ihr dann den Tubus des Beatmungsbeutels in den Mund. Die Maske presste er fest auf ihr Gesicht und drückte den Beutel ein paarmal vorsichtig zusammen. »Weiter«, sagte er und Frederik drückte wieder auf Nadjas Brustbein.

»Staying alive, staying alive, ...«, begann der Soldat wieder zu singen, dann reichte ihm jemand einen roten Notfallkoffer durch die Tür.

»Du machst gut«, sagte er zu Frederik, als er den Reißverschluss öffnete. »Deine Freundin?«

Frederik antwortete nicht, auch weil er inzwischen ziemlich aus der Puste war.

»Weißt nicht genau, ob Freundin, was?«

Er lachte kurz und holte zwei Elektroden an langen Drähten aus dem Koffer. Er begann, die Strophen des Liedes zu pfeifen – ganz so textsicher war er wohl doch nicht. Dann schlug er Nadjas Decke zurück und legte ihren Oberkörper frei, indem er Pullover und T-Shirt bis über die Brust hinaufschob. »Tut mir leid, aber muss sein.« Mit geschickten Händen klebte er die Elektroden auf ihren Brustkorb.

»Jetzt weg«, bestimmte er. Frederik beugte sich zurück. Der Soldat kontrollierte erneut Nadjas Puls. »Ganz weg.« Frederik kroch noch ein Stück zurück und sah, wie der Mann einen Knopf im Koffer drückte. Ein Stromschlag fuhr durch Nadjas Körper und ließ jeden ihrer Muskeln zusammenfahren. Sofort fühlte der Mann wieder ihren Puls. »Weiter«, sagte er und kontrollierte den Sitz der Elektroden.

»Was hat passiert mit Freundin?«, fragte er und begann, an ihrem Arm eine Infusion vorzubereiten.

Frederik überlegte, was er ihm verraten sollte. Die Worte Kampfjet, Abschuss, Schleudersitz, Fallschirm und Baum sollte er sicher besser vermeiden. Der Mann hielt Nadja für Frederiks Freundin. Er schien nicht zu ahnen, wer sie wirklich war, und das sollte auch so bleiben. Wie gut, dass sie ihre Pilotenkleidung nicht mehr trug.

»Gestürzt«, log Frederik mit dem bisschen Luft, das er noch hatte. »Mit dem Kopf auf einen Stein.«

»Warum lebt auch im Wald? Zu gefährlich für kleine Mädchen hier.«

Wieder lachte er, klemmte einen durchsichtigen Beutel mit irgendwas an den Infusionsschlauch und hielt ihn in die Höhe. Wenig später wies er Frederik erneut an, sie nicht zu berühren. Ein zweiter Stromschlag ließ ihren Körper erzittern, doch erneut ohne Erfolg. Kurz wurde sie beatmet, dann machte Frederik weiter.

»Muss in Krankenhaus«, sagte der Soldat. »Vielleicht Kopf kaputt.«

Frederik antwortete nicht. Da es hier kein Krankenhaus gab, würden die Russen sie vielleicht mitnehmen. Vermutlich würden sie sie alle mitnehmen. Oder gleich hier erschießen. Doch dann wäre diese ganze Rettungsaktion ziemlich sinnlos.

»Was macht hier in Wald?«, fragte der Soldat.

Wieder überlegte Frederik, was er verraten wollte, doch hier, so war er sich sicher, konnte die Wahrheit nicht schaden.

»Wir leben hier. Weil wir nicht gegen euch kämpfen wollen.«

»Ah, Deserteure. Sehr gut. Sehr gut.«

»Pazifisten«, widersprach Frederik.

»Pazifisten? Gibt noch Pazifisten? Nach so viel Monaten Krieg? Pazifisten, haha. Egal, ist dasselbe wie Deserteure. Und dasselbe wie Feiglinge. Aber gut, müssen wir nicht kämpfen. Kann ich ruhig Leben von Freundin retten.«

Erneut war es Zeit für einen Stromschlag. Nadjas Körper zuckte, doch noch immer hatte sie keinen Puls.

»Dummes Mädchen«, sagte der Soldat, während er sie beatmete. »Will einfach nicht leben. Los, weiter.«

»Ich kann nicht mehr lange«, jammerte Frederik.

»Keine Pause, Junge. Keine Pause, bevor Freundin lebt.«

Mit einer Hand hielt er den Infusionsbeutel hoch, mit der anderen packte er eine Spritze aus. Mithilfe seiner Zähne entfernte er die Plastikfolie. Dann klemmte er den Beutel ab und die Spritze an und gab ihr das Medikament in die Vene.

»Wenn nicht hilft, wird schwer«, sagte er. Frederik erschrak. Wann würde er wohl aufgeben, fragte er sich. Wann würde er ihm sagen: »Lass sein Junge, Freundin tot«? Wann würde er seine Sachen packen und gehen? »Keine Pause, bevor Freundin lebt«, hatte er gesagt, aber konnte er das einhalten, wenn sie wirklich ein so dummes Mädchen war, wie er sagte, wenn sie einfach nicht ins Leben zurückkam?

»Weg!«, sagte er wieder und drückte den Knopf. Anschließend fühlte er wieder den Puls. »Weiter«, sagte er. »Nein, warte!« Er tastete genauer und sah Frederik dabei in die Augen, bis ihm ein Grinsen im Gesicht stand. »Hat Puls«, sagte er und bedeutete Frederik, ebenfalls zu fühlen. Er selbst kontrollierte ihre Atmung. »Freundin lebt«, sagte er. »Kluges Mädchen. Freundin hat Puls, Freundin atmet. Jetzt Pause.«

Frederik ließ sich zurückfallen und lehnte sich gegen den Pfeiler. Er fuhr sich mit den Händen durchs verschwitzte Haar und stierte unters Dach. Da fiel ihm auf, wie ruhig es draußen geworden war. Der Hubschrauber hatte sich entfernt, man hörte ihn in einiger Entfernung kreisen. Vor der Hütte sprachen ein paar Leute. Frederik verstand keine Worte und konnte nicht entscheiden, ob es seine Freunde waren oder die Kameraden des Soldaten. Der entfernte gerade die Elektroden, richtete Nadjas Kleidung und bedeckte sie wieder mit der Decke. Er packte seine Koffer wieder zusammen, eine Spritze behielt er aber in der Hand und zeigte sie Frederik.

»Damit schläft wie Baby«, erläuterte er und verabreichte Nadja das Medikament. Dann klemmte er den Infusionsbeutel wieder an. »Komm her. Muss halten, bis leer.«

Frederik kam wieder heran und hielt den Beutel hoch. Der Soldat kontrollierte noch einmal Nadjas Vitalzeichen. Dann klopfte er Frederik auf die Schulter, nahm seine Sachen und verließ die Hütte. Draußen erstattete er Bericht; Frederik verstand kein Wort. Doch dann, als sein Arm zu schmerzen begann und er nach einer Möglichkeit suchte, den Beutel unter die Decke zu hängen, hörte er, wie jemand auf Deutsch Befehle erteilte.

»Ihr wohnt hier im Kriegsgebiet. Niemand darf hier wohnen. Ihr alle seid unsere Gefangenen. Wir werden euch mitnehmen, aber nicht sofort. Wenn unsere Mission erfüllt ist, kommen wir wieder. Solange bleibt ihr hier, genau hier, verstanden?«

Frederik war entsetzt. Urplötzlich war ihre Zeit im Wald vorbei. Sie waren den Russen in die Hände gefallen, und obwohl sie nie im Krieg waren, waren sie jetzt Kriegsgefangene.

Er hörte Funksprüche. Kurz darauf kam der Hubschrauber wieder heran. Einiges geriet wieder in Bewegung draußen, und plötzlich kroch Nadjas Lebensretter wieder in die Hütte.

»Lebt?«, fragte er.

»Lebt«, bestätigte Frederik, der das gerade eben noch überprüft hatte.

»Sehr gut. Sehr gut. Wenn Beutel fast leer, machst du Nadel raus. Wenn aufwacht, ruhig halten. Darf nicht aufregen. Also nicht rumknutschen, hörst du?« Er lachte wieder und gab Frederik eine Kopfnuss. »Muss weg, aber kluges Mädchen muss in Krankenhaus. Holen später. Also pass gut auf Freundin auf. Staying alive, boy.« Mit diesen Worten verschwand er durch die Tür.

»Danke«, rief Frederik ihm hinterher.

»Schon gut«, hörte er von draußen. »Sagst du Kindern, netter Russe Mama gerettet.«

Kurz darauf stand der Helikopter wieder über dem Camp. Erneut hörte Frederik die Befehlstonstimme.

»Einer von euch muss mit. Damit ihr nicht verschwindet, muss einer von euch in den Hubschrauber. Sofort. Wenn wir wiederkommen und ihr anderen seid weg, ist er tot, verstanden? Du, herkommen!«

Wen es erwischt hatte, konnte Frederik nicht erraten. Wer auch immer das Pech hatte – er wehrte sich nicht. Leonie dagegen verteidigte ihn umso entschiedener.

»Ihr dürft ihn nicht mitnehmen!«, hörte Frederik sie protestieren. »Ihr habt kein Recht dazu.«

»Wir haben jedes Recht dazu. Geh zurück.«

»Auf keinen Fall. Lasst ihn sofort wieder los!«

»Geh zurück, sage ich!«

Es gab einen Tumult. Frederik hörte Getrampel und Gerangel. Viele Stimmen schrien durcheinander, doch nur die beiden deutschsprachigen konnte er verstehen.

»Lasst ihn sofort frei!«

»Zum letzten Mal, geh zurück!«

»Niemals!«

Dann schrie Jerry plötzlich auf – oder war es Tom? – und das Gerangel war vorbei.

»Los jetzt«, sagte die Befehlsstimme. Trotz Lärm hörte Frederik, wie jemand heulte. Auch Fossy glaubte er zu hören. Nur Leonie nicht mehr.

8

Noch immer war der Hubschrauber zu hören. Zwar hatte er sich entfernt, doch weit war er noch nicht gekommen. Er flog nicht schnell, bestenfalls in Schrittgeschwindigkeit.

Frederik saß in seiner Hütte und hatte noch immer keine Möglichkeit gefunden, den Beutel aufzuhängen. Als er hörte, wie sich draußen jemand näherte, hielt er die Augen geschlossen, denn er ahnte nichts Gutes. Dann riss jemand die Tür auf.

»Leonie ist tot!« Fossy schrie mehr, als dass er rief. Seine Stimme überschlug sich, sein Gesicht war tränenüberströmt. »Der hat sie einfach umgebracht. Mit dem Messer, einfach so. Tom ist im Hubschrauber, aber Leonie ist tot. Leonie ist tot, Frederik. Einfach abgestochen. Die Soldaten sind zu Fuß weiter. Frederik, sie haben Leonie einfach ...«

»Stopp!«, rief Frederik. Auch ihm standen jetzt die Tränen in den Augen. »Beruhige dich, Fossy.«

»Wie sollte ich das?«, fauchte Fossy ihn an.

»Los, setz dich da hin und komm erst mal runter.«

Fossy gehorchte. Er kam in die Hütte gekrochen, lehnte sich an den Pfeiler und vergrub das Gesicht in seinen Armbeugen.

»Was war da draußen los?«, fragte Frederik.

Fossy schluchzte. Er brauchte einige Minuten, bis er antworten konnte.

»Als der Hubschrauber kam, haben sie sofort eine Mannschaft abgeseilt. Acht bewaffnete Soldaten. Sie haben uns angeschrien und zusammengetrieben. Wir mussten uns auf dem Platz hinknien und durften uns nicht rühren. Dann haben sie auf Befehle gewartet, während der eine hier bei dir ...« Er stockte. Sein Blick fiel auf Nadjas Gesicht, das jetzt friedlich und entspannt aussah, dann auf den Infusionsbeutel in Frederiks Hand. »Willst du das nicht aufhängen?«

Zwei Minuten später baumelte der Beutel an einem Draht von der Decke. Fossy vergaß völlig, weiter über die Geschehnisse und Leonies Tod zu berichten, und eilte stattdessen wieder nach draußen zu Jerry. Frederik, der auch so wusste, was geschehen war, hörte seine Freunde reden und er hörte, wie sie weinten. Doch bald kam Fossy wieder herein und lehnte sich erschöpft wieder an den Pfeiler.

»Habt ihr überprüft, ob sie wirklich tot ist?«, fragte Frederik.

»Was denkst du denn?«, grummelte Fossy. Seine Stimme klang vorwurfsvoll. »Hundertmal. Der Sani hat es auch bestätigt, als er noch hier war.«

Sie schwiegen. Eigentlich konnten Frederik und Fossy gut miteinander schweigen, doch jetzt fühlte es sich falsch an. Frederik wusste, was sein Freund für Leonie empfand. Er selbst bewunderte sie und mochte sie sehr, doch Fossy liebte sie. Dass diese Liebe unerwidert geblieben war, hatte daran nichts ändern können. Gern hätte Frederik ihn getröstet, doch er fand keine Worte dafür. Und hätte er welche gefunden, dann hätte ihn sicher sein Kloß im Hals am Reden gehindert. So war es Fossy, der das Schweigen brach.

»Was war denn hier drin los?«, fragte er.

»Sie war tot«, sagte Frederik.

»War?«

»Ja, sie war klinisch tot – keine Atmung, kein Herzschlag. Sie ist mir einfach so weggestorben. Wir mussten sie reanimieren.«

»Wir?«

»Der Soldat und ich. Ohne ihn würde sie nicht mehr leben.«

»Was war denn mit ihr?«

Frederik erzählte, kurz und knapp nur, denn seine Geschichte kam ihm nur halb so wichtig vor wie das, was Fossy erlebt hatte.

»Er war nett«, schloss er. »Er hat sie ins Leben zurückgeholt, einfach so.«

»Der eine rettet jemanden, der andere sticht jemanden ab«, heulte Fossy und wurde wieder von heftigen Krämpfen geschüttelt. Frederik kroch zu ihm hinüber und nahm ihn in die Arme. Er drückte ihn fest an sich, und das fühlte sich nun endlich richtig an. Gemeinsam weinten sie um ihre Freundin. Realisieren konnte Frederik ihren Tod aber längst noch nicht.

Nach einer Weile verschwand Fossy wieder nach draußen. Gerade wollte Frederik ihm folgen, da kam sein Freund auch schon wieder herein.

»Jerry fragt, was wir jetzt machen sollen.«

»Wir müssen sie begraben«, antwortete Frederik.

»Nein, wegen Tom und den Soldaten.«

»Was sollen wir schon machen? Warten, bis sie wiederkommen, wie sie gesagt haben.« Noch immer hörten sie den Hubschrauber. »Weit weg sind sie ja noch nicht.«

»Einfach abwarten? Die stecken uns in ein Lager. Oder sie bringen uns um, wie Leonie.«

»Ja, vielleicht. Aber wir können es nicht verhindern. Sie haben Tom.«

»Schon, aber ... die Soldaten sind zu Fuß weiter, der Heli begleitet sie in der Luft. Wir könnten die am Boden überfallen und als Geiseln nehmen. Dann übernehmen wir den Hubschrauber und ...«

»Ja, und dann fliegen wir nach Moskau und sagen denen da, sie sollen uns alle in Ruhe lassen. Danach besuchen wir die Israelis und Palästinenser, dann die Syrer, dann die ... Scheiße, Mann!«

Sie schwiegen. Frederik ging im Kopf alle bewaffneten Konflikte durch, die ihm einfielen und die sie auf ihrer Route nicht vergessen durften. Er hatte mal eine Liste gesehen und eine Landkarte, auf der die Zahlen der aktuellen Kriegstoten mit unterschiedlichen Farben dargestellt waren. Der größte Teil Afrikas und beinahe die gesamte Äquatorzone waren eingefärbt gewesen. Überall in den wärmeren Gegenden der Welt tobten Konflikte und schlugen sich als gelbe bis tiefrote Ländersilhouetten auf dieser Karte nieder. Das war aber, lange bevor Frederik mit seinen Freunden hier in den Wäldern lebte. Inzwischen war auf dieser Karte sicher der gesamte nördliche Erdball eingefärbt.

»Wir können die Russen nicht überfallen, Fossy.«

»Bist du zu feige?«

»Es ist idiotisch zu denken, dass wir das können. Sie sind in der Überzahl. Sie sind schwer bewaffnet. Außerdem sind wir Pazifisten.«

»Wie bitte? Sie haben Leonie ermordet, eine Frau, eine unbewaffnete Frau, unsere Freundin, und du redest vom Pazifismus. Man kann sich auch umentscheiden.«

»Natürlich«, gab Frederik zu. »Willst du das etwa?«

»Allerdings. Ich bin schon dabei.«

Frederik hörte an Fossys Stimme, dass er meinte, was er sagte.

»Wir haben gar keine Waffen, Fossy. Also denk nicht drüber nach. Dieser Plan ist gescheitert, bevor es damit losgeht.«

Frederik war sich sicher, dass Fossy nicht bereit war, den absurden Gedanken einfach fallenzulassen. Er war nie wirklich überzeugt davon gewesen, ein Pazifist zu sein. Zwar nannten sich beide Pazifisten, doch Fossy hatte immer wieder betont, dass er nicht wisse, wie standhaft er sein würde. Und jetzt konnte Frederik geradezu dabei zusehen, wie sehr der Schmerz und die Trauer um Leonie in Fossy wüteten.

»Weißt du noch?«, fragte Fossy. »Diese eine Frage, von der mein Vater immer erzählt hat?«

»Die Was-tun-Sie-wenn-Frage?«

Ja, Frederik kannte diese Frage noch. Sie war Fossys Vater gestellt worden, als er in seinen jungen Jahren den Kriegsdienst verweigert hatte – und nicht nur ihm. Sie war an Absurdität kaum zu überbieten, und doch konnte man an ihr nur scheitern. Frederik hatte sie sich selbst so oft gestellt, dass er sie im Schlaf rezitieren konnte: »Stellen Sie sich vor, Sie sind mit ihrer Freundin im Wald unterwegs und werden von Männern überfallen, die ihre Freundin vergewaltigen wollen. Was tun Sie, wenn sie zufällig ein Maschinengewehr bei sich haben?«

»Ich hatte nie eine eindeutige Antwort auf diese Frage«, sagte Fossy. »Mit dem Teil drohen, in die Luft schießen, die Typen abknallen – natürlich wollte ich das Gewehr nicht benutzen, aber ich wollte auch das Gegenteil. Und jetzt ...«

»Und jetzt?«, fragte Frederik.

»Jetzt würde ich es benutzen. Sofort. Hätte ich jetzt ein Maschinengewehr, würde ich sie abknallen. Jeden einzelnen, die Vergewaltiger im Wald und die Soldaten da draußen.«

»Und dann? Was dann, Fossy?«

»Dann wird Tom gelyncht«, gab er zu.

»Es ist nie so einfach«, sagte Frederik. »Es ist nie so einfach und überschaubar wie bei diesen Verweigerungskommissionen. Aber das Problem ist nicht erst, ob du das Gewehr benutzt oder nicht. Das Problem ist bereits, eines zu haben. Kein Mensch sollte ein Maschinengewehr haben. Keiner. Schon gar nicht zufällig. Es bedeutet viel zu viel Macht in den Händen eines einzigen Gehirns. Es kann die Katastrophe bedeuten.«

»Oder die Rettung«, warf Fossy ein. »Mit einem Maschinengewehr könnte ich Tom retten.«

»Leonie rächen vielleicht, aber nicht Tom retten. Vielleicht könntest du die Fußsoldaten töten, und dann? Denk es zu Ende, Fossy. Egal in welcher Situation: Wenn man ein Maschinengewehr hat, hört das Leid nie auf.«

»Wenn man sich gegen Mörder nicht wehrt, *dann* hört das Leid nie auf.«

»Ja, weil wir uns nie darum kümmern, wie man Mördern die Lust am Morden nimmt, wie man Gewalt mit anderen Mitteln begegnet. Mit Respekt zum Beispiel und Annäherung. Aber statt Annäherung schafft man bis an die Zähne bewaffnete Blöcke. Ja, ich weiß, Gleichgewicht der Kräfte und so. Aber das ist ein Euphemismus. Eigentlich geht es nur darum, dem Gegner Angst einzujagen. Aber wie Yoda schon sagt: Furcht führt zu Wut, Wut führt zu Hass und Hass führt zur dunklen Seite.

Annäherung sieht jedenfalls anders aus. Hier, Nadja zum Beispiel, eine Französin, eine Freundin. Glaubst du, Deutschland und Frankreich wären heute so gut befreundet, wenn sie nach Hitler weiterhin auf Abschreckung gesetzt hätten? Deutschland und Frankreich, über Jahrhunderte verfeindet. Sie haben sich zerfleischt gegenseitig. Die deutsch-französische Erbfeindschaft – geradezu ein Kampfbegriff. Aber dann haben sie einfach eine Freundschaft begonnen, sich gegenseitig zugehört und gut behandelt, sich geöffnet, sich vertraut. Ausgerechnet die Franzosen vertrauen den Deutschen und umgekehrt. Das ist ein Wunder.«

»Lass mich in Ruhe mit diesem intellektuellen Geschwafel. Du denkst viel zu kompliziert. Du hängst einem utopischen Wunderglauben an. In Wahrheit ist alles viel einfacher: Man darf den aggressiven Idioten nicht kampflos die Welt überlassen. Punkt. Denn sonst herrschen sie bald über alles und jeden, auch über dich. Und was machst du dagegen? Du verkriechst dich hier im Wald und lässt andere für dich die Kastanien aus dem Feuer holen. Ja, hier, Nadja zum Beispiel. Die hat ihr Leben eingesetzt. Sie hat sich geopfert, für deine Freiheit, mein Freund, damit du machen kannst, was du willst, und sei es auch nur, hier draußen im Wald abzuhängen. Du machst dir die Hände nicht schmutzig, aber die Freiheit nimmst du gerne an. Da stimmt was nicht, Frederik. Du bist mein bester Freund, das weißt du. Und wenn dir das einer sagen darf, dann ich: Du bist ein Feigling. Und um das zu vertuschen, laberst du hochgestochenes Zeug und erfindest irgendwelche weltfremden Theorien über Annäherung an Feinde, für die Annäherung einfach nur die Einladung zum Draufhauen ist. Und ich Idiot falle auch noch darauf rein. Ich habe mich viel zu lange davon einlullen lassen. Mich kannst du streichen aus der Pazifistenliga.«

Frederik antwortete nicht. Wie oft hatte er diese Diskussion schon geführt? In der Schule, in seiner Familie, in der Ausbildung. So oft war er als Spinner und Drückeberger bezeichnet worden. Lange hatte er das ertragen, doch als seine Einberufung ins Haus flatterte, war klar: Er würde dem Drückeberger alle Ehre machen und abtauchen. Als Naturbursche war er hier im Wald gelandet und hatte sich der Gesellschaft entzogen, die ihn nur als Parasit empfand. Seinen besten Freund Fossy hatte er überzeugen können mitzukommen, doch vielleicht, so dachte er jetzt, war das gar keine so gute Idee gewesen. Jetzt jedenfalls sah selbst Fossy nur den Feigling in ihm. Und Fossy war ein kluger Mann.

Frederik wandte sich Nadja zu. Sie kam aus Frankreich, er aus Deutschland. Aus seiner Sicht gehörte sie zu einer längst befreundeten Nation, doch war sie auch ein Teil der Gesellschaft, vor der er geflohen war. Sie führte aktiv den Krieg, dem er sich entzog, und jetzt hatte sie den Krieg hierher gebracht. Na ja, dachte er, als Kriegsgefangener war er wenigstens nicht mehr in der Gefahr, Soldat werden zu müssen.

»Der Russe hat Nadja gerettet«, sagte er nach einer Weile. Er wusste nicht, warum er das sagte.

»Jetzt komm mir nicht so«, empörte sich Fossy. »Du beleidigst Leonie damit!«

Zornig blitzte er Frederik an, wandte sich dann ab und wollte die Hütte verlassen. Doch im selben Moment hörten sie einen gewaltigen Knall, eine Explosion nicht weit entfernt im Wald. Erschrocken drehte Fossy sich wieder um. Die Angst stand ihm ins Gesicht geschrieben. Frederik ergriff Nadjas Hand, als könne sie ihm helfen, eine Katastrophe zu überstehen.

Der Explosion folgte weiterer Lärm. Sie hörten, wie Bäume brachen und meinten, die Erde beben zu spüren. Dann folgte Stille. Auch der Lärm des Hubschraubers war vollends verschwunden.

9

Jerry erschien in der Tür. Schrecklich sah er aus, völlig verheult und die Augen weit aufgerissen vor Entsetzen.

»Was war das?«, fragte Fossy.

»Der Hubschrauber! Er ist weg!«

»Der Hubschrauber ist weg?«, fragte Frederik. »Was soll das denn heißen?«

»Explodiert«, schluchzte Jerry. »Ein Blitz und dann der Knall.«

»Tom!«, rief Fossy und hastete aus der Hütte ins Freie. Frederik folgte ihm.

Draußen lag Leonie neben der Feuerstelle. Ihre Kleidung war noch nass von ihrem eigenen Blut. Frederik kniete sich neben sie. Dann bemerkte er, dass seine Freunde in den Wald liefen.

»Wartet!«, rief er ihnen hinterher. »Wartet! Wo wollt ihr hin?«

Er wusste, wo sie hinwollten. Sie wollten Tom helfen. Er überlegte, ob er ihnen folgen sollte, doch dann dachte er wieder an Nadja. Er konnte sie nicht allein lassen. Allerdings war er sich nicht sicher, ob diese Frau nicht nur eine Ausrede für ihn war.

Deprimiert kniete er weiter neben Leonie. Er fühlte nach ihrem Puls – darin hatte er inzwischen Übung – und prüfte ihre Atmung. Nichts. Schon bald dreißig Minuten lag sie jetzt hier. An eine Wiederbelebung war längst nicht mehr zu denken.

Er strich Leonie eine Strähne aus dem Gesicht und betrachtete sie lange. Seit Jahren waren sie befreundet. Nein, mehr als das. Sie war die einzige Person, die fest zu ihm hielt. Sie war der Grund, warum er hier war. Sie war seine Stütze, wenn er sich seiner Sache nicht mehr sicher war. Bei ihr konnte er sich ausheulen, wenn ihm sein eigener Pazifismus unheimlich wurde. Sie dachte wie er, und doch waren sie beide grundverschieden. Leonie behauptete sich trotz Pazifismus. Sie setzte sich durch, ohne jemals Gewalt anzuwenden. Sie war nun wirklich kein Feigling. Gemeinsam mit vier schwächlichen Jungs hatte sie diese kleine Siedlung aufgebaut. Doch jetzt war sie tot. Auch Tom war vermutlich bereits ein Kriegsopfer. Wie hatte es so weit kommen können?

»Jetzt hast du den Löwen etwas zu laut ange-schrien, Leonie«, sagte er und strich ihr über die Wange. Dann hörte er plötzlich wieder das Knattern von Rotoren.

Er lauschte. Was war das jetzt wieder für ein Hub-schrauber? War es der, in dem Tom gesessen hatte? Nein, der war explodiert und in den Wald gestürzt. Dieser neue kam von irgendwo und stand bald unge-fähr so weit entfernt, wie vorher der von Tom – rein am Klang beurteilt. Oder war es doch der von Tom? Er glaubte nicht daran.

Dann hörte er Schüsse. Maschinengewehrsalven jagten durch den Wald, abgefeuert aus vielen Rohren. Es war ein Gefecht, eine Schlacht, der er beiwohnte, weit genug entfernt und doch hautnah. Er aber saß nur stumm da, ergriff Leonies Hand, drückte sie fest und sackte in sich zusammen.

Das Gefecht dauerte vielleicht zwei Minuten. Die Gewehre verstummten, doch es blieb der Lärm des Hubschraubers. Wer hatte dort gegen wen gekämpft? Der russische Hubschrauber musste ab-geschossen worden sein, vielleicht von dem neuen. Dieser war vielleicht aus dem Westen. Dann ginge es jetzt Leonies Mörder an den Kragen. Aber auch Nadjas Lebensretter. Oder sie waren längst tot.

Plötzlich gab es eine zweite Explosion. Frederik zuckte zusammen und zerquetschte beinahe Leonies tote Hand. Wieder folgte lautes Krachen und wieder erzitterte die Erde. War der zweite Hubschrauber jetzt auch abgeschossen worden? Das Motorengeräusch war jedenfalls verschwunden. Was war da nur los?

Frederik wollte es gar nicht wissen. Er stand auf und ging zu seiner Hütte zurück. Eine niederdrückende Gleichgültigkeit spürte er in sich aufkeimen, eine Depression, wie er sie noch nie erlebt hatte. Keinerlei Interesse an seiner Umwelt konnte er noch fühlen. Er hatte einfach keine Lust mehr, hier draußen auf neue Ereignisse zu warten. Der Abschuss einer Mirage allein war schon Aufregung genug für ihn, ausreichend für ein ganzes Jahr. Die Slayer suchten vielleicht das Abenteuer, er selber aber liebte die Ruhe und den Frieden, jetzt mehr als jemals. Also kroch er wieder zu Nadja in die Hütte. Für ihn war es dasselbe, als zöge sich ein Kind die Bettdecke übers Gesicht, wenn Mama und Papa stritten.

Ja, Fossy hatte ihn durchschaut: Er war feige. Er scheute grundsätzlich den Konflikt. Heute zog er sich in seine Hütte zurück, vor vielen Monaten in den Wald. Hier hatte er seine Ruhe und war ein

Außenseiter unter anderen Außenseitern. Tom und Jerry zum Beispiel, zwei stille Typen, die nie viel von sich preisgaben und niemals jemandem ihr Herz ausschütteten. Beinahe nichts wusste er über sie, und doch waren sie gute Freunde geworden, die das einsame Leben im Wald mit ihm teilten. Auch Fossy und Leonie waren sehr genügsam. Leonie ging gerne auf die Jagd, was sie manchmal über Tage fortbleiben ließ. Wenn sie dann mit reicher Beute nach Hause kam, war die Freude groß. Und dies war auch schon die aufregendste Aufregung, die es in ihrem kleinen Camp gab. Wenn man von den nervtötenden Besuchen der Slayer absah.

Die Slayer piesackten nicht nur diese kleine Siedlung. In diesen Wäldern lebten noch weitere Gruppen. Frederik wusste von dreien. Die größte von ihnen, auf einem Berg im Norden von hier, sicher drei Stunden Fußmarsch entfernt, bestand sogar aus Familien mit Kindern. Sie war aus vielen kleinen Gruppen hervorgegangen, die sich zusammengetan hatten, um den Slayern und schlimmeren Banden zu trotzen. Diese Blockbildung hatte funktioniert und die Gegner vergrault. Die Slayer jedenfalls trieben ihren Spaß lieber mit hilfloseren Gruppen. So hatten auch Leonie und ihre Jungs immer wieder beratschlagt, ob sie Verbündete suchen sollten.

Doch da die Slayer bisher nur tönten und nur selten gefährlich wurden, waren sie bisher lieber allein geblieben. Wie sich das nach Leonies und vermutlich auch Toms Tod nun ändern würde, konnte Frederik nicht erahnen.

Den ganzen Nachmittag über blieb er in seiner Hütte. Lange lehnte er am Pfeiler und dachte darüber nach, ob er Leonie beerdigen sollte, bevor Fossy und Jerry zurückkamen. Doch aufraffen konnte er sich nicht.

Er war nicht nur maßlos deprimiert, er hatte auch ein schlechtes Gewissen. Fossy und Jerry suchten nach Tom und er half ihnen nicht. Lieber versteckte er sich in seiner Hütte und überließ ihnen die aussichtslose Suche. Aber was hatte Tom denn für eine Chance? Der Hubschrauber war explodiert und in den Wald gestürzt – wie sollte man denn sonst interpretieren, was sie gehört hatten? Und wie konnte jemand so etwas überleben? Inzwischen war ein weiterer Hubschrauber abgestürzt, vielleicht waren es jetzt Fossy und Jerry, die Hilfe brauchten. Ja, vielleicht, dachte er, doch er blieb sitzen und sah Nadja beim Atmen zu.

Am frühen Abend hörte er plötzlich Schüsse, gar nicht weit entfernt. Es waren ein paar kurze Salven, dann herrschte wieder Stille. Er raffte sich auf und kroch zu Nadja hinüber. Vorsichtig ergriff er ihre Hand und betrachtete ihr Gesicht. Lange überlegte er, ob Fossy ihn wohl auch dahingehend durchschaut hatte, dass er tatsächlich in Nadja verliebt war. Falls ja, so konnte es nur eine ganz oberflächliche Geschichte sein. Schließlich hatte er sie gestern erst kennengelernt. Er wusste beinahe nichts über sie, nur diese eine Sache: Als Soldatin stand sie seinen grundlegendsten Überzeugungen entgegen. Aber er fand sie tatsächlich hübsch, und das war nicht nichts für einen jungen Mann wie ihn. Er mochte es, dass sie bei ihm war, und er mochte es, ihre Hand in seiner zu spüren.

Nach einer Weile fiel ihm auf, dass er nicht wissen konnte, ob Nadja ihrerseits auch seine Hand spüren wollte. Behutsam legte er ihre Hand wieder ab und kauerte sich neben sein eigenes, niedriges Nachtlager auf den nackten Boden. So lag er neben Nadja und schwieg für eine lange Weile, tief in Gedanken und Trauer versunken.

Als die Kälte aus dem Boden in seinen Körper kroch, wünschte er sich, er könnte sich ganz nah an Nadja kuscheln. Er würde die Decke heben und einfach darunter kriechen. Seinen Kopf würde er auf ihre Schulter und ihren Arm auf seine Hüfte legen.

Sicher würde er ihren Herzschlag spüren, der von ihrer Lebendigkeit zeugte. Er könnte riechen, was sie durchgemacht hatte, und ihre Wärme würde ihn durchdringen.

Frederik wusste, dass er nicht das Recht hatte, ihr so nah zu kommen. Er wusste, dass es mehr als unerhört war, sich an jemanden anzukuscheln, der sich nicht wehren konnte. Doch er wusste nicht mehr, warum das so war. Er konnte kein Unrecht mehr darin erkennen, einem Menschen nahezukommen. Warum sollte man das Recht haben, sich zu separieren, aber nicht, sich gegenseitig zu berühren? Warum war es akzeptiert, Zäune und Mauern um sich herum zu bauen, während es verboten war, sie zu überwinden? Warum durfte man Bomben und Raketen werfen auf diejenigen, die es dennoch versuchten? Sicher, er wusste, dass Landesgrenzen etwas anderes waren als die Privatsphäre eines Menschen. Er wusste auch, dass die aus dem Osten nicht zum Kuscheln im Westen waren. Aber warum er als friedlicher Frederik nicht unter Nadjas Decke liegen durfte, das wusste er nicht mehr.

Natürlich wusste er es. Selbstverständlich kannte er das Problem, dass große Nähe auch immer die Gefahr der Verletzung beinhaltete. Menschen sehnten sich nach Sicherheit, in der globalen Politik wie auch im persönlichen Umfeld. Niemand stellte das Streben nach Sicherheit infrage, die wenigsten sahen darin ein Problem. Einige aber schon – zumindest, was Ländergrenzen betraf.

Dietrich Bonhoeffer war einer von ihnen gewesen. »Wie wird Friede?«, hatte er einmal gefragt. Frederik kannte die Rede auswendig, die Bonhoeffer 1934 in Fanö gehalten hatte. Sie war ihm wie eine Art Hymne geworden, wie ein Psalm, der sein Leben begleitete und ihn stärkte, wenn er schwankte.

»Wie wird Friede?«, flüsterte er, und irgendwie hoffte er, dass Nadja ihn hörte. »Wie wird Friede? Durch ein System von politischen Verträgen? Durch Investierung internationalen Kapitals in den verschiedenen Ländern? Das heißt durch die Großbanken, durch das Geld? Oder gar durch eine allseitige, friedliche Aufrüstung zum Zweck der Sicherstellung des Friedens? Nein, durch dieses alles aus dem einen Grunde nicht, weil hier Friede und Sicherheit verwechselt wird. Es gibt keinen Weg zum Frieden auf dem Weg der Sicherheit. Denn Friede muss gewagt werden, ist das eine große Wagnis und lässt sich nie und nimmer sichern. Friede ist das Gegenteil von Sicherung. Sicherheiten fordern heißt Misstrauen haben, und dieses Misstrauen gebiert wiederum Krieg.«

Frederik schwieg und fröstelte. Dann musste er lächeln. »Scheint fast so, dass Yoda Bonhoeffer gelesen hat«, sagte er, lächelte dann aber nicht mehr und schloss die Augen. Wer hatte eigentlich jemals gehört auf Bonhoeffers Worte? Wer auf Yodas Warnungen? Was hatte es für einen Sinn, für den Frieden zu kämpfen, wenn die Antwort doch immer wieder und wieder nur die Gewalt war? Im Kleinen wie im Großen.

Mit der Kälte, die durch seine Glieder kroch, ergriff erneut diese ungeheure Gleichgültigkeit von ihm Besitz. Die Welt mit all ihren Zäunen, Mauern, Bomben und Raketen wollte er einfach vergessen. Es war ihm egal, dass seine Freunde ihn vielleicht hier so finden würden, dass Nadja erwachen könnte mit einem fremden Frederik an ihrer Seite. Er zog seine Beine ganz nah an den Körper, schloss die Augen und wollte nur noch hier liegen – direkt neben Nadja, deren Wärme er sich vorstellte.

10

Frederik schreckte auf, als die Tür von seiner Hütte aufgerissen wurde.

»Alle raus hier!«, brüllte ihn eine fremde Stimme an. »Los, los, los!«

Frederik gehorchte sofort. Hastig bewegte er seine eisigen Knochen und kroch zur Tür. Hier blickte er in den Lauf eines Gewehres, stoppte vor Schreck und wurde dann am Kragen gepackt und herausgezerrt. Draußen erwarteten ihn zwei Soldaten. Sie trugen deutsche Uniformen. Einer zielte auf ihn, der andere brüllte erneut in die Hütte. »Rauskommen, habe ich gesagt!«

Frederik erschrak erneut. In seiner schlaftrunkenen Panik hatte er gar nicht auf Nadja geachtet. Ging es ihr gut? Lebte sie noch? Er wusste es nicht und fühlte sich fürchterlich deswegen.

»Sie kann nicht«, sagte er.

»Wieso? Was ist mit ihr?«

»Sie ist schwer verletzt.«

Der Soldat blitzte ihn an und kroch dann in die Hütte. Sofort kam er wieder heraus.

»Sie ist es«, sagte er. »Arbeit für dich, Berger.«

Er übernahm die Aufgabe, auf Frederik zu zielen, während sein Kamerad in die Hütte kroch.

»Was hast du mit ihr gemacht?«

»Gar nichts«, verteidigte sich Frederik. Er bekam einen Schreck, denn er ahnte, was der Soldat für einen Eindruck haben musste.

»Du hast sie vergewaltigt!«

»Nein, ich habe gar nichts gemacht.«

»Hast du sie angefasst?«

»Nein, ich habe ...«

»Natürlich hast du sie angefasst. Du hast direkt neben ihr gelegen.«

Frederik schwieg. Er wusste keine Antwort, die ihn hätte retten können.

»Warum ist sie hier in dieser Hütte?«

»Ich habe sie im Wald gefunden und hierher gebracht. Sie ist verletzt und wäre dort gestorben. Ich habe sie gerettet.«

»Hättest du besser nicht!«, schrie ihn der Soldat an. »Wo hast du sie gefunden? Und wer ist die Tote da?«

Drei Minuten später saß Frederik mit dem Rücken an einem Baum. Mit Kabelbindern hatte der Soldat ihm Hände und Füße gefesselt.

Frederik erzählte ihm alles, von dem Moment an, als er den Luftkampf der Jets beobachtet hatte, bis zum jetzigen Zeitpunkt. Er erzählte von den Russen, von der Reanimation, von Leonies Tod und von seinem eigenen Schockzustand, der ihn Trost bei der Pilotin hatte suchen lassen.

Er schämte sich. Wie dumm war er eigentlich? Es war ihm entsetzlich peinlich, dass der Verdacht im Raum stand, er habe sich an Nadja vergangen.

Irgendwann kam der andere Soldat, dessen Name offensichtlich Berger war, wieder aus der Hütte.

»Sie ist in Ordnung«, sagte er.

»Scheiße«, sagte sein Boss, der laut Namensschild Reimann hieß.

»Aber sie ist bewusstlos. Entweder der Schock oder eine innere Verletzung.«

»Ist sie transportfähig?«

»Zu Fuß?«

»Natürlich zu Fuß«, giftete Reimann ihn an. »Einen Heli habe ich gerade nicht dabei, Mann.«

»Nein, ist sie nicht. Nicht, wenn sie überleben soll.«

»Soll sie nicht«, grollte Reimann und sah zu Frederik herüber. »Aber der Typ hier hat sie den ganzen

Berg hochgeschleppt. Dann wird die feine Dame es wohl überstehen, wenn wir sie auf einer Trage transportieren. Jedenfalls müssen wir hier weg, und hierlassen können wir sie nicht. Obwohl mir das viel lieber wäre.«

Er gab Berger einen Wink und nahm ihn beiseite. Sie gingen über den Platz und redeten miteinander. Es war nicht zu übersehen, dass sie ihren Gefangenen nicht zuhören lassen wollten.

Bei all seiner Panik hatte es Frederik zunächst als Erleichterung empfunden, die deutschen Uniformen zu erblicken. Trotz seiner Abneigung dem Militär gegenüber und trotz seiner depressiven Lethargie empfand er sie als seine Rettung. Diese Soldaten würden für ihn seine Probleme lösen. Sie würden ihn aus diesem Wald herausholen, weg vom Krieg, weg von seinen toten Freunden. Natürlich würde er dann neue Probleme bekommen, doch das war ihm gerade egal. Außerdem würden sie Nadjas Leben sichern, denn sie könnten sie in ein Krankenhaus bringen. Zwar wollte sie nicht nach Hause, aber sie würde leben, und das schien ihm in jedem Falle wichtiger.

Doch seine anfängliche Erleichterung war schnell verflogen. Die beiden Typen machten keinen Hehl daraus, dass sie nicht Nadjas Freunde waren. Alle drei waren westliche Soldaten, Angehörige derselben Armee. Doch Reimann und Berger hassten ihre französische Kameradin – viel mehr noch, als Frederik sie vorgestern noch gehasst hatte. Jedenfalls glaubte er inzwischen nicht mehr, dass sie gut bei ihnen aufgehoben sein würde. Womöglich war sogar er selbst in Gefahr. Vielleicht beratschlagten sie gerade, wie sie beide beiseiteschaffen konnten, ohne zur Rechenschaft gezogen zu werden. Würden sie Nadja selbst misshandeln? Würden sie sie umbringen, um es dann ihm in die Schuhe zu schieben? Was konnte er schon dagegen unternehmen? Nichts, rein gar nichts. Sie würden mit ihnen beiden tun, was sie für richtig hielten. Er war ihnen ausgeliefert. Das war eines dieser miesen Dinge, die der Krieg mit sich brachte: das Ausgeliefertsein ohne zivilisierte Strukturen, die völlige Hilflosigkeit ohne jeden gesellschaftlichen Schutz. Wie sollte man das überstehen, ohne depressiv zu werden?

Die Soldaten kamen wieder auf Frederik zu.

»Wie viele seid ihr hier?«, fragte Berger. »Ich sehe vier Hütten.«

»Wir waren zu fünft«, sagte Frederik und sah zu Leonie hinüber. »Aber sie ist tot.«

»Und einer war im Russen-Heli?«

»Ja.«

»Dann ist der auch tot«, sagte Reimann.

»Wo sind die beiden anderen?«, fragte Berger.

»Wie ich gesagt habe: Sie sind in den Wald gerannt, um Tom zu helfen, dem im Hubschrauber.«

Berger wandte sich an seinen Chef. »Dann waren das sicher die ...«

»Schnauze«, fuhr Reimann ihm über den Mund. Frederik horchte auf.

»Haben Sie sie gesehen?«

»Wir haben niemanden gesehen«, versicherte Reimann. »Nur die Russen, und die haben wir weggefegt. Bis auf den letzten Mann. Mit der Bordkanone vom Heli aus.«

»Aber er hat doch gerade ...«

»Er hat gar nichts. Aber du bist jetzt der einzige, der uns helfen kann, das französische Frauenzimmer die fünfzig Kilometer bis zum nächsten Stützpunkt zu schaffen.«

Frederik sah ein, dass er so nicht weiterkam.

»Was habt ihr gegen sie?«, fragte er frei heraus, und irgendwie hatte er keine Lust mehr, die beiden zu siezen.

»Was wir gegen sie haben?« Frederik konnte Reimann ansehen, wie er innerlich kochte. »Einfach alles! Durch sie haben wir fünf Männer verloren. Und unseren Heli. Einfach abgeschossen, wie aus dem Nichts. Nur Berger und ich waren schon abgeseilt. Die anderen: vor unseren Augen abgestürzt und verbrannt. Scheiße, Mann, das haben wir nur ihr zu verdanken. Und jetzt sind wir hier und müssen sie auch noch nach Hause schaffen. Lebend, so lautet der Befehl. So ein Schwachsinn. Nur um sie vors Kriegsgericht zu stellen. Die wird anschließend sowieso gehängt, aber bis dahin müssen wir unseren Kopf für sie hinhalten. Das haben wir gegen sie, Mann.«

»Kriegsgericht? Warum? Was hat sie denn getan?«

»Sie hat den Jet geklaut«, antwortete Berger. »Ein voll bewaffnetes Kampfflugzeug. Luft-Boden-Raketen mit den stärksten nicht-nuklearen Sprengköpfen, die wir haben. Erst dachte man, sie will überlaufen. Immerhin ist sie Russin. Aber dann hat man einen Abschiedsbrief gefunden.«

»Sie hätte uns alle umgebracht«, blökte Reimann dazwischen. »Wenn die Russen sie nicht erwischt hätten, wären wir alle schon tot.«

»Wieso das?«

»Sie wollte den Kreml besuchen. Sie war auf direktem Weg dorthin. Sie hat sich eingebildet, im Tiefflug bis nach Moskau zu kommen, um dort alles einzuäschern. Sie wollte Russland ins Herz treffen, den obersten Befehlshaber vernichten. So eine Idiotin.«

»Idiotin? Wäre das nicht in eurem Sinne?«

»Was bist du denn für ein Honk?«, brüllte Reimann, wandte sich ab und verschwand hinter einer der Hütten.

Berger blieb gefasst. Er war eindeutig der Good Cop.

»Was wäre denn wohl passiert, wenn sie das geschafft hätte?«, fragte er. »Was meinst du? Wäre der Krieg dann vorbei? Wohl kaum. Bisher hat niemand den roten Knopf gedrückt, nicht im Osten, nicht im Westen. Aber wenn dort drüben alles in Schutt und Asche liegt, dann wird jemand drücken. Wer so hart getroffen wird, der wird den Krieg mit Atomwaffen beenden, da kannst du Gift drauf nehmen. Und diese französische Möchtegern-Heldin, die du gerettet hast, die, für die wir gerade unser Leben riskieren, hat darüber nicht nachgedacht. Jedenfalls hat sie es nicht zu Ende gedacht. Sie wollte eine Heldin werden, hat irgendwas geschwafelt von Bonhoeffer, dem Rad in die Speichen fallen, du weißt schon. Aber dafür hat sie die ganze Welt aufs Spiel gesetzt, und deshalb kommt sie vors Kriegsgericht und wird büßen. Wenn Reimann sie auch lynchen will: Ich freue mich darauf, sie auszuliefern.«

Frederik war erschüttert. Er hatte auf dem Berg gestanden und einen Luftkampf beobachtet, ohne zu ahnen, dass dort oben Geschichte geschrieben wurde. Oder eben nicht geschrieben wurde. Aber Nadja eine Königsmörderin? Er konnte es nicht glauben. Aber er wusste, dass es eigentlich keinen Grund gab, Bergers Worten zu misstrauen.

Er widerstand dem Impuls zu entgegnen, was er normalerweise entgegnet hätte. Er wies nicht darauf hin, dass die atomare Gefahr nicht erst durch Nadja in die Welt gesetzt worden war, sondern bereits durch das Prinzip der Abschreckung und Aufrüstung. Er erwähnte auch nicht die ganzen Punkte, mit denen er Fossy vollgequatscht hatte. Erst recht rezitierte er nicht, was Bonhoeffer in Fanö gesagt hatte – derselbe Bonhoeffer, der später für geplanten Königsmord hingerichtet worden war.

Wie kompliziert diese Welt doch war, dachte er stattdessen, und wie unterschiedlich die Wege, auf denen Menschen versuchten, das Richtige zu tun.

Kurz darauf kam Reimann zurück und öffnete Frederiks Fesseln. Er befahl ihm, eine Trage zu bauen, auf der sie die Pilotin transportieren konnten. Gemeinsam suchten sie im Wald das Material dafür zusammen, dicke Stämme für die Holme und kleinere für die Liegefläche. Frederik musste Seile aus seiner Hütte holen und alles zusammenfügen. Berger half ihm dabei, und bei Einbruch der Dämmerung stand die fertige Trage auf dem Hof.

»Wir werden hier übernachten«, befahl Reimann. »Bei Sonnenaufgang geht's los.«

Frederik wurde in Leonies Hütte geschickt. Berger sah noch einmal nach Nadja, dann saßen beide Soldaten am noch immer nicht brennenden Feuer und wechselten sich ab mit Schlafen und Wachen.

11

Es waren die Vögel, die Frederik weckten. Noch nie hatten ihn die Vögel geweckt, doch heute hatte er ein Ohr für sie. Wie lange sie wohl schon gezwitschert hatten? Durch die Ritzen von Leonies Tür erkannte er schwaches Dämmerlicht. Es war sicher bereits kurz vor Sonnenaufgang.

Sofort war er hellwach. Er öffnete die Tür und blickte auf den Hof. Niemand war da. Am Feuerplatz saß niemand mehr. Keiner der Soldaten war zu sehen, auch kein Ausrüstungsgegenstand von ihnen, kein Kleidungsstück, kein Rucksack, kein Gewehr. Die Trage stand noch da. Aber wo waren Reimann und Berger?

»Hallo?«, rief er, erhielt aber keine Antwort. Da kam ihm ein schrecklicher Gedanke: Nadja! Was, wenn sie sich über sie hergemacht hatten? Vielleicht hatten sie sie ermordet und waren abgehauen. Aber warum hatten sie ihn leben lassen?

Er schlich zu seiner Hütte hinüber und lauschte, doch außer den Vögeln war nichts zu hören. Er musste schon nachsehen, wenn er Gewissheit wollte.

In seiner Hütte aber war nur Nadja. Sie lag auf der Seite. So hatte er sie jedenfalls nicht verlassen. War sie inzwischen wach geworden? Oder hatten die Männer sie bewegt?

»Nadja«, flüsterte er, als er bei ihr am Lager kniete. »Nadja, bist du wach?«

Sie rührte sich nicht. Und doch musste er nicht ihren Puls fühlen, um zu erkennen, dass sie lebte. Sie atmete ruhig, ihr Gesicht sah entspannt aus und deutlich gesünder als gestern noch. Es war alles in Ordnung bei ihr.

Glücklich zog er ihre Decke etwas höher, da bewegte sie sich. Er erschrak, wich zurück und wartete, bis sie sich auf den Rücken gedreht hatte.

Er entschloss sich, sie in Ruhe zu lassen und zunächst dafür zu sorgen, dass er frisches Wasser für sie in der Hütte hatte, sobald sie aufwachte. Also kroch er wieder durch die Tür hinaus und ging zum Wasserbehälter neben Fossys Hütte. Doch dieses abgestandene Wasser war ihm nicht gut genug für Nadja, also nahm er den Schöpfeimer und machte sich auf den Weg zur Quelle. Die fünf Minuten konnte er sie jetzt auch noch alleine lassen.

Als er wiederkam, stand ein Mann auf dem Hof. Frederik erkannte sofort, dass es Dragon war.

»Guten Morgen, Freddy«, sagte er und Frederik wähnte sich im falschen Film. Etwas so Freundliches hatte Dragon noch nie gesagt, jedenfalls nicht ohne Zynismus. Was sollte das jetzt und was wollte er hier? Wenn nur Nadja jetzt nicht wach würde.

»Ja, ich weiß schon«, redete Dragon weiter, als er keine Antwort erhielt. »Wenn ich hier bin, habt ihr meist nicht so viel Spaß. Heute auch nicht, tut mir leid.«

Er trat einen Schritt zur Seite. Frederiks Blick fiel auf Leonie, die noch immer niemand beerdigt hatte. Und direkt neben ihr lag eine weitere Person.

»Jerry!«, rief Frederik, lief zu ihm, kniete sich neben ihn und erkannte sofort, dass er tot war. Seine Kleidung war voller Blut wie die von Leonie. Seine Augen waren geschlossen, sein Gesicht schmerzverzerrt und in seiner Kleidung prangten mehrere Löcher. »Was habt ihr mit ihm gemacht?«

»Wir? Gar nichts! Wir haben ihn so gefunden. Gestern Abend schon, unten im Wald. Da, wo jetzt zwei Hubschrauber liegen und viele Soldaten. Sag du mir lieber, warum Leonie hier liegt.«

»Sie hat sich mit den Russen angelegt.«

»Sie waren hier?«

»Ja, und sie haben Tom im Hubschrauber mitgenommen.«

»Oh«, sagte Dragon, und dieses Oh klang überrascht und aufrichtig betroffen. »Dann ist er auch tot, Freddy.«

»Ich weiß. Der Hubschrauber ist abgeschossen worden. Fossy und Jerry sind los, um Tom zu helfen. Und jetzt ... wo ist Fossy?«

»Keine Ahnung, haben wir nicht gesehen.«

»Sie sind zusammen losgelaufen. Wo ist er?«

»Ich weiß es nicht, Freddy. Er war nicht da.«

»Was ist überhaupt passiert da unten?«

Dragon wusste, was dort unten passiert war. Er erzählte davon, dass ein westlicher Hubschrauber aus großer Entfernung mit einer Lenkrakete einen russischen abgeschossen hatte. Die russischen Soldaten am Boden hatte anschließend das Bordgeschütz niedergemäht.

»Das fanden wir doof«, kommentierte Dragon. »Da haben wir auch mitgespielt. Also rangepirscht und zwischen den Bäumen durch – boom. Der Heli hatte gerade zwei Soldaten abgesetzt, da haben wir ihn vom Himmel geholt.«

»Ihr wart das? Ihr habt den zweiten Hubschrauber abgeschossen, einen aus dem Westen?«

»Allerdings.«

»Wie denn das?«

»Mit der Panzerfaust.«

»Ihr hattet eine Panzerfaust dabei?«

»Wir haben immer eine Panzerfaust dabei, jedenfalls, seit die Hubschrauber hier ein und aus gehen.«

»Und ihr habt den einfach abgeschossen?«

»Natürlich. Im Nachhinein waren wir das Tom doch schuldig, oder?«

»Ihr wusstet nichts von Tom.«

»Im Nachhinein, Freddy, im Nachhinein. Jedenfalls mussten sie weg, bevor sie uns am Boden überlegen waren. Die zwei Abgeseilten sind uns entwischt. Wir haben sie verfolgt, und dabei haben wir Jerry gefunden. Tragisch.«

»Und wer hat ihn umgebracht?«, fragte Frederik.

»Na, genau die beiden. Wir haben die Schüsse gehört und sind sofort hin. Da haben wir dann Patronenhülsen gefunden. Und die passen genau hier rein.«

Was Frederik erst jetzt sah: Dragon trug ein Maschinengewehr am Rücken. Er holte es hervor und präsentierte es stolz.

»Seit wann habt ihr MGs?«, fragte Frederik.

»Seit heute«, antwortete Dragon und grinste. »Wir haben noch mehr. Ein paar russische AK-107 und zwei deutsche G36. Nicht viel Munition, aber reicht schon für ein paar Gegner.«

»Und seit wann habt ihr Panzerfäuste?«

»Immer schon. Wir waren alle beim Militär. Da hat jeder ein bisschen was abzweigen können. Wir haben sogar 'ne Bazooka von den Amis und 'ne moderne Stinger. Aber leider ohne Munition.«

Frederik beugte sich über Jerry und hörte nicht mehr zu. Er ärgerte sich, mit seinen törichten Fragen die Ergüsse eines Waffennarren provoziert zu haben.

»Das mit Jerry tut mir leid, Freddy«, behauptete Dragon.

»Warum bringst du ihn jetzt erst? Ihr habt ihn doch gestern schon gefunden.«

»Wir hätten ihn ja gestern schon gebracht, aber du hattest Besuch. Und wir hatten keine Lust auf deine Besucher. Also jedenfalls nicht so, dass wir ihnen in die Arme laufen. Umgekehrt schon eher.«

Wieder grinste er hinter seiner Maske, wie er immer grinste, wenn er stolz auf etwas war.

»Was soll das heißen?«, fragte Frederik. »Habt ihr sie etwa ...«

»Es ist nun mal gefährlich in diesen Wäldern. Wer nachts schiffen muss und seinen Kameraden verlässt, der bringt sich und den Kameraden in Gefahr. Das musste Tom auch einsehen vorletzte Nacht, oder?«

Frederik sagte nichts. Es kotzte ihn an, hier mit einem militanten Mörder reden zu müssen. Er stand auf, ging zum Wasserbehälter hinüber und stellte den Schöpfeimer daneben. Dann kam er zu Dragon zurück und verschränkte die Arme vor der Brust. Es sollte eine Aufforderung sein. Eine Aufforderung, zu verschwinden. Warum er plötzlich den Mut zu einer so unverschämten Geste hatte, das wusste er nicht.

Dragon schien zu verstehen. Doch er ging nicht sofort, sondern stellte sich neben Leonie und blickte auf sie herab.

»Mach's gut, Leonie«, sagte er. »Ich werde dich vermissen, fucking Bitch.«

Dann wandte er sich wieder an Frederik.

»Glaub mir«, sagte er. »Es ist besser für uns alle, wenn nachfolgende Suchtrupps alle Kameraden der vorhergehenden finden können. Sie sollten keine Vermissten mehr suchen müssen, egal ob Ost oder West. Das muss selbst dir klar sein, du Pazifisten-Dämel. Also maul nicht rum, wenn jemand die Scheißarbeit für dich erledigt. Ziemlich erfolgreich erledigt, muss ich sagen. Nur den verfickten Piloten haben wir noch nicht. Der spaziert hier irgendwo im Wald rum und versteckt sich. Aber keine Sorge, den finden wir noch. Bis irgendwann mal, Klugscheißer.«

Er drehte sich um und wollte das Camp verlassen. Frederik atmete auf. Er wusste, er hatte Dragons Besuch überstanden, doch merkwürdigerweise fühlte er sich nicht glücklich dabei. Er verstand nicht genau, was sein Problem war, doch plötzlich schoss ihm ein völlig neuer Gedanke durchs Hirn. Er war verwirrt und rang mit sich. Er sah die Pros und Kontras, er spürte Angst und Hoffnung gleichzeitig, doch mit einem Mal wusste er, was er tun musste.

»Dragon, warte.«

»Was noch?«

»Sie liegt in der Hütte.«

»Hä?«

»Sie liegt in der Hütte.«

»Wer liegt in welcher Hütte?«

»Sie. Die Pilotin. In meiner Hütte.«

12

Dragon starrte Frederik an. Die Augen hatte er weit aufgerissenen. So einiges schien sich in seinem Kopf zu bewegen.

»Pilotin?«, fragte er.

»Ja, Pilotin«, sagte Frederik. »Die Mirage wurde von einer Pilotin geflogen.«

»Woher willst du das wissen?«

»Ich habe sie vom Fallschirm geschnitten und hierher getragen.«

»Du hast sie ...« – Dragon verbarg nicht, wie verwirrt er war. »Wann?«

»Direkt nach dem Abschuss. Gestern, nein vorgestern. Am Nachmittag. Ich war im Wald unterwegs und habe den Luftkampf beobachtet. Ich bin sofort zur Absturzstelle hin. Und dann mit der Pilotin auf den Schultern hier hoch.«

»Das heißt ...« – Dragon begann wieder, wie ein wildes Tier hin und her zu tigern. »Heißt das, sie war schon hier, als wir euch besucht haben? Heißt das, ...? Moment! Leonie hat den Absturz beobachtet. Von dir war nie die Rede.«

»Sie hat gelogen«, sagte Frederik. »Sie wollte mich schützen. Und sie wollte die Pilotin schützen.«

Dragon kam zu Frederik herüber und baute sich in voller Größe vor ihm auf. Selbst hinter seiner grauenvollen Maske war der unbändige Zorn zu erkennen, der in ihm brodelte.

»Ich hatte euch gewarnt!«, brüllte er. Frederik fuhr zusammen. »Ich hatte euch gewarnt, mich zu belügen, schon vergessen? Leonie hat mich zum Narren gehalten, diese miese ...«

»Leonie ist tot«, wagte Frederik, ihn zu unterbrechen. Offensichtlich konnte auch er mutig sein, selbst in extremsten Situationen, auch wenn ihm das Herz in die Hose gerutscht war, auch wenn seine Knie einzuknicken drohten. Er war nicht wie Leonie. Niemals würde er einen Löwen anschreien, erst recht keinen Drachen. Aber er glaubte, es wäre gut, diesen Drachen abzulenken, seinen Geist zu beschäftigen und ihn nicht seiner eigenen Rage zu überlassen. »Die Pilotin heißt übrigens Nadja.«

Dragon trat wieder einen Schritt zurück. Er zitterte vor Wut, atmete schwer und fletschte die Zähne. Jeder seiner Muskeln schien für den Sprung bereit. Dann riss er sein neues Sturmgewehr hoch und presste die Mündung gegen Frederiks Brust. Jetzt konnte Frederik sein Zittern sogar spüren.

»Mir ist so fucking egal, wie sie heißt!«, schrie er. »Ich brauche keinen Namen, um jemanden zu schlachten. Nicht einmal deinen Namen brauche ich, um dich auszuweiden.«

»Sie ist schwer verletzt und noch immer ohne Bewusstsein.«

»Das spielt keine Rolle mehr, wenn ich mit ihr fertig bin und ihr die Kehle durchbeiße!«

»Aber sie ist mutig. Sie würde dir gefallen.«

Dragon löste die Mündung von Frederiks Brust und stieß sie gegen seine Stirn. Mehrfach drückte er zu, bis sein Opfer einen Schritt rückwärts machen musste.

»Sie hat das Flugzeug gestohlen«, ignorierte Frederik Angst und Schmerz. »Sie wollte nach Moskau, in die Höhle des Löwen, und dort alles in die Luft jagen. Um den militärischen Kopf auszuschalten. Ihre Chance war winzig, aber sie hat versucht, wovon du immer geträumt hast.«

»Du hast keine Ahnung, wovon ich träume! Warum erzählst du mir das alles?« Frederik schwieg. »Warum erzählst du mir jetzt von ihr? Ich hätte niemals einen Blick in deine stinkende Bude geworfen!

Ich wäre einfach verschwunden. Also, warum hast du es mir jetzt gesagt?«

»Ich vertraue dir«, sagte Frederik. Seine Stimme klang fest, obwohl er selbst kaum glaubte, was er sagte.

»Niemand vertraut mir!«, brüllte Dragon und stieß wieder mit dem Gewehrlauf zu. Frederik war, als sähe er Sterne. Der Schmerz ließ ihn einen weiteren Schritt zurückweichen, doch dabei versagten seine Knie und er fiel rückwärts auf den Waldboden. Sofort war Dragon über ihm, stemmte einen Stiefel auf seine Brust und hielt ihm die Gewehrmündung zwischen die Augen. »Also, warum?«

Frederik brauchte eine Weile, um wieder bei Sinnen zu sein. Dragon ließ ihm die Zeit, was ihn wunderte. Eigentlich hatte er erwartet, längst tot zu sein. Dass er es nicht war, gab ihm neuen Mut.

»Du bist mein Nachbar«, sagte er. »Ich will dich nicht bekämpfen. Du weißt, dass ich gegen niemanden kämpfen will. Aber selbst, wenn doch: Ich hätte keine Chance gegen dich, ich könnte dich nie besiegen und aus meinem Leben streichen. Und falls doch, dann noch lange nicht all deine Kumpel. Du und dein Trupp, ihr werdet immer meine Nachbarn bleiben. Ich muss irgendwie mit euch auskommen, sogar mit dir. Da ist es besser, wenn ich dir vertraue, damit du vielleicht irgendwann auch mir vertraust. Und zum Vertrauen gehört, dass ich dich wissen lasse, was in meiner Hütte ist.«

Dragon wich ein paar Zentimeter zurück.

»Du glaubst wohl, du kannst mich mit diesem weinerlichen Geschwätz einlullen, du Großhans. Ich gebe gar nichts darauf, dass du Pazifist bist.«

»Ich bin Realist«, widersprach Frederik. »Wenn ich überleben will, muss ich dein Vertrauen gewinnen. Das kann ich nur, indem ich dir vertraue. Also: Die Pilotin ist da drin.«

Dragon rührte sich nicht. Er stand da, das Gewehr fest im Griff und den Finger am Abzug. Verunsichert schaute er auf Frederik herab. Dass ihm jemand vertrauen könnte, schien er nicht für möglich zu halten. Sicher gab es niemanden in seinem Leben, der ihm wirklich vertraute. Sein Regiment führte er mit eiserner Hand. Sein ganzes Tun war darauf angelegt, Angst zu verbreiten, seinen Schergen gegenüber und nach außen. Abschreckung war sein zweiter Vorname.

»Du bist ein Idiot«, sagte er. Zu Frederiks Freude klang seine Stimme schon ruhiger.

»Aber ein Idiot in guter Gesellschaft«, bemerkte Frederik. »Ich sage nur: Open Skies.«

»Was soll das jetzt wieder?«

»Der Vertrag über den Offenen Himmel. 1992. Zwischen siebenundzwanzig KSZE-Staaten. Sogar Russland war dabei. Jeder durfte das Staatsgebiet der anderen überfliegen und Aufklärung betreiben. So wusste jeder, was die anderen militärisch so trieben. Das hat Vertrauen geschaffen und über Jahrzehnte funktioniert. Die USA sind als erste wieder vom Vertrag zurückgetreten. Das war 2020. Ein Jahr später leider auch Russland.«

Dragon senkte die Waffe und nahm seinen Fuß von Frederiks Brust. Ein paarmal lief er um ihn herum und schüttelte energisch den Kopf. »Du bist echt so ein verdammter Klugscheißer«, rief er. »So ein abgewichster Volltrottel-Scheiß-Bastard, 'ne abgearschte Loser-Pussy. Aber gut, wie du willst!« Er ging in Richtung Hütte. »Dann statte ich deiner Nadja-Hure mal einen Besuch ab.«

»Warte«, rief Frederik, der noch immer am Boden lag.

Sofort kam Dragon zurück und beugte sich über ihn. Die Waffe ließ er über Frederiks Bauch baumeln. »Was noch?«

»Sie wurde schon einmal wiederbelebt. Der Hubschrauber stand direkt über den Hütten. Der Lärm, die Soldaten – das war einfach zu viel für sie. Sie hatte Angst- und Schockzustände, vielleicht auch eine Hirnblutung als Folge ihres Absturzes, keine Ahnung. Aber wenn sie jetzt zufällig aufwacht und dich so sieht, dann ... Vielleicht ist es besser, wenn du die Maske ablegst. Und das Gebamsel an deinem Waffengurt.«

Dragon schaute an sich herab und begutachtete die Jagdtrophäen, die an seinem Gürtel hingen. »Was ist damit?«

»Es sind Leichenteile.«

»Von Tieren.«

»Sie sehen grauenvoll aus.«

»Sollen sie.«

»Ich weiß. Aber sie weiß es nicht. Sie wird denken, du bist der Tod persönlich.«

»Ich bin der Tod persönlich.«

»Ich will aber nicht, dass du sie umbringst. Dafür habe ich dir nicht von ihr erzählt.«

Dragon stand unschlüssig da.

»Bitte«, sagte Frederik, und dieses Wort schien neu zu sein in Dragons Wortschatz. Er ließ es sacken, wendete es hin und her hinter seiner Maske, und dann, urplötzlich und aus vollem Halse, lachte er und pikste mit dem Gewehrlauf auf Frederiks Bauch herum.

»Leonie hätte so lustig sein sollen wie du, kleiner Hosenschisser, dann würde sie jetzt nicht da liegen.«

Dragon ging zu Frederiks Hütte hinüber und lehnte das Gewehr dagegen. Er löste seinen Gürtel und ließ ihn fallen, dann seinen Schultergurt, an dem sein Jagdmesser und ebenfalls Trophäen hingen. Zuletzt nahm er die Maske ab und legte sie zu den anderen Dingen auf den Boden.

»Besser so?«, fragte er und posierte kurz wie für ein Foto. Ohne den ganzen Tand sah er eigentlich ganz nett aus, dachte Frederik, trotz des ungepflegten Bartes und der fettigen Haare. Aber nett auszusehen war vermutlich genau das, was er zu vermeiden suchte mithilfe seiner ganzen Verkleidung. Lachend drehte er sich um und wollte in die Hütte kriechen. Doch eine laute Stimme hinderte ihn daran.

»Stopp!«, rief jemand über den Platz. Es war Fossys Stimme, die aus dem Gebüsch neben der Hütte kam. »Weg von der Tür!«

Fossy trat aus dem Gebüsch hervor. Er hatte ein Sturmgewehr in den Händen und zielte damit auf Dragon. Der richtete sich wieder auf und sah ihn trotzig an.

»Fossy!«, rief Frederik. »Nicht!« Doch Fossy legte nur noch entschlossener an.

»Weißt du noch?«, rief er Frederik zu, ohne Dragon aus den Augen zu lassen. »Die Was-tun-Sie-wenn-

Frage? Jetzt habe ich doch tatsächlich zufällig ein Maschinengewehr gefunden. Und ich weiß genau, was ich tun werde, wenn Dragon sich an ihr vergreift.«

»Er will nur nach ihr sehen«, versuchte Frederik seinen Freund zu beschwichtigen.

»Hat er das behauptet, ja? Du bist zu leichtgläubig, Frederik.«

»Nein. Ich habe ihm selbst gesagt, dass sie da drin ist.«

»Ein Verräter bist du auch noch.«

»Fossy, bitte!«

»Auf die Knie!«, brüllte Fossy Dragon entgegen. Der gehorchte sogar, ließ sich aber sehr viel Zeit dabei. Frederik stand auf und ging auf Fossy zu.

»Bleib lieber zurück, mein Freund«, riet Fossy. »Ich kann nicht besonders gut umgehen mit dem Ding.«

Unentschlossen blieb Frederik stehen.

»Ich habe dir gesagt, dass ich endlich weiß, wie ich die Frage beantworten würde. Ich würde sofort schießen, wenn jemand meine Freundin vergewaltigen wollte.«

»Sie ist nicht deine Freundin«, warf Frederik ein.

»Nein, aber deine!«, brüllte Fossy. Dragon zog erstaunt die Augenbrauen hoch. »Eigentlich bist du es, der schießen sollte. Los, komm her, nimm die Knarre. Mach schon! Beschütze Nadja, kämpfe für sie.«

Frederik stand da und brachte kein Wort heraus.

»Habe ich mir gedacht«, sagte Fossy. »Du weigerst dich natürlich, dir die Finger dreckig zu machen. Du bist so feige, Frederik.«

»Fossy, ich ...«

»Lass gut sein, alter Junge. Behalte deinen Pazifismus für dich. Ich jedenfalls werde handeln. Bei Leonie habe ich versagt, aber Nadja beschütze ich. Und dann verschwinde ich von hier und werde kämpfen. Du solltest mitkommen, Frederik, und endlich Opfer bringen für den Frieden, den du so liebst, und die Freiheit, die du genießt. Auch für die Freiheit von Typen wie dem da, der uns schon viel zu lange drangsaliert hat. Und jetzt weg von der Hütte, Dragon!« Er schielte kurz zur Seite. Dabei fiel sein Blick auf die beiden Leichen, die am Lagerfeuer lagen. »Ist das Jerry?«, fragte er entsetzt und ließ kurz, ganz kurz nur, die Waffe sinken. Eine Sekunde später durchbohrte ein langer Pfeil sein Herz. Wie ein gefällter Baum stürzte er rücklings zu Boden.

»Fossy!«, rief Frederik, rührte sich aber nicht vom Fleck.

Er sah, wie drei Slayer aus ihrer Deckung traten. Sie alle hielten ihre riesigen Bogen in der Hand. Einer jedoch hatte seinen Pfeil bereits verschossen. Dragon stand wieder auf und ging zu Fossy hinüber.

Er kniete sich neben ihn, betrachtete ihn genau und schloss dann mit seiner Hand Fossys Augen.

»Tut mir leid, Fossy«, sagte er. »Tut mir wirklich leid, mein Freund.«

Noch immer stand Frederik einfach nur da. Er verstand selbst nicht, was mit ihm los war. Sein bester Freund wurde vor seinen Augen getötet – und er fühlte nichts dabei. Leonie und Jerry lagen nicht weit entfernt. Auch sie waren tot, genau wie Tom, und er empfand keinen Groll und auch keine Trauer mehr. Vielleicht stand auch er unter Schock. Vielleicht wurde er verrückt. Oder es war einfach der Krieg, der Menschen veränderte.

Dragon stand auf, schaute kurz zu Frederik hinüber und kroch dann in die Hütte. Er blieb eine Minute. Als er wieder erschien, gab er seinen Leuten einen Wink. Sie kamen heran und er redete kurz mit ihnen. Der Todesschütze zog den Pfeil aus Fossys Brust, die beiden anderen holten die Trage herbei. Sie hoben Fossys Leichnam darauf und trugen ihn vom Platz. So verschwanden sie mit ihm im Wald. Dragon legte derweil seine Verkleidung wieder an.

»Hast du noch genug Essen für euch?«

»Für Wochen. Oder mehr«, antwortete Frederik ungerührt. »Wir sind nur zwei.«

»Wir schauen wieder nach euch.«

Dragon nahm sein Gewehr und das von Fossy, ging an Frederik vorbei und klopfte ihm dabei auf die Schulter.

»Was macht ihr mit ihm?«, fragte Frederik.

Dragon blieb stehen und schwieg ein paar Sekunden lang. Er schien zu überlegen, was er Frederik zumuten konnte.

»Wir sorgen dafür, dass auch eine Pilotin gefunden wird. Fossy hat genau ihre Größe und Statur. Habt ihr noch Kleidung von ihr?«

»Hinter der Hütte«, sagte Frederik. »Ihr Helm liegt auch da, unterm Laub.«

Dragon holte beides hinter der Hütte hervor.

»Er ist ein Mann«, gab Frederik zu bedenken.

Wieder zögerte Dragon kurz. »Wir werden ihn bearbeiten müssen. Du weißt, dass wir uns mit Feuer auskennen. Ich erspare dir die Einzelheiten.«

Frederik nickte. Es war ihm egal. Er stand nur weiter da und blickte vor sich hin. Er fühlte sich wie tot, wie nicht mehr da. Er merkte gar nicht, wie Dragon ihn verließ und er ganz allein auf dem Platz vor seiner Hütte stand. Aber er hörte noch einmal Dragons Stimme hinter sich.

»Sie hat übrigens nach dir gefragt.«

13

Frederik kroch in die Hütte. Nadja drehte ihm ihren Kopf zu und lächelte.

»Du bist wach«, kommentierte er ihren Zustand und kam sich etwas blöd dabei vor. Ihr Lächeln aber berührte ihn.

»Frederik«, sagte sie. Er freute sich, dass sie ihn wiedererkannte. Er schob sich bis an ihr Lager heran und ergriff wie selbstverständlich ihre Hand. Sie ließ es ebenso selbstverständlich geschehen und erwiderte seinen Händedruck.

»Wer war der Mann?«

»Ach der«, sagte Frederik. »Das war Dragon. Ein Nachbar.«

»Dragon«, wiederholte sie. »Sieht gar nicht aus wie ein Drache.«

»Das täuscht. Sein Kostüm hat er draußen gelassen. Eigentlich ist er ein ganz Schlimmer.«

Ihr Lächeln wurde breiter. Frederik war froh, dass sie sogar in ihrer Lage noch Humor hatte. Und er wunderte sich, dass er selbst noch welchen besaß.

»Was war das für ein Lärm draußen?«

»Welcher Lärm?«

»Es gab Streit, oder?«

»Ach das.«

»Was ist geschehen? Ist es wegen mir? Ich konnte nicht alles verstehen.«

»Nicht wegen dir«, beeilte er sich zu sagen. »Da draußen, das ... das war ... das war nur der ganz alltägliche Wahnsinn.«

»Verstehe«, behauptete sie. Sie sah ihn weiter an und machte nicht den Eindruck, als wäre sie in Gefahr, sich aufzuregen. Entspannt sah sie aus und zufrieden. Und doch war es gut, dass sie nicht weiter nachfragte.

»Hast du Wasser für mich?«

Frederik entschuldigte sich für seine Unachtsamkeit und kroch aus der Hütte, um das frische Wasser zu holen.

»Wie geht es dir?«, fragte er, nachdem sie eine halbe Flasche geleert hatte.

Sie schaute ihn an und schloss dann die Augen. »Ich war tot, Frederik.«

»Ja, das warst du.«

»Aber du hast mich zurückgeholt. Zusammen mit einem russischen Soldaten.«

»Du weißt von ihm?«

»Ich habe euch gesehen.«

»Du hattest die Augen zu«, zweifelte Frederik, doch Nadja zeigte mit einem Finger unter das niedrige Hüttendach.

»Ich war dort oben. Ich habe auf euch herabgeblickt. Ich habe gesehen, was ihr getan habt, habe gehört, was ihr gesagt habt. Ich ... ich habe euch bewundert, weil ihr mich nicht aufgeben wolltet, obwohl ihr mich nicht einmal kennt. Ich habe euch kämpfen sehen. Aber dann ...«

Sie stockte. Frederik wollte nicht, dass sie zu konkret an ihren eigenen Tod dachte, daher versuchte er, sie zu bremsen.

»Du lebst wieder«, sagte er. »Das ist die Hauptsache, oder?«

Doch Nadja hörte nicht auf seine Worte und hatte offensichtlich gefunden, wonach sie gesucht hatte.

»Dann habe ich diesen Raum verlassen«, sagte sie. »Ich war ... irgendwo anders. Ein Licht war da. Klingt lächerlich, oder? Es ist immer ein Licht. Aber da war wirklich eins. Und andere Menschen. Sehr viele andere Menschen. Sie erwarteten mich. Sie waren alle nackt. Auch ich war nackt. Sie standen in einer langen Reihe nebeneinander und sahen mich an. Ein paar lächelten mir zu, streckten mir sogar die Hände entgegen, aber die anderen ... Ich kannte sie nicht, sie alle nicht. Bis auf einen: meinen Vater. Er kam auf mich zu, nahm mich in den Arm. Er flüsterte mir ins Ohr. ›Ich habe sie gebeten, dir zu vergeben.‹ Da wusste ich, wer sie waren. Ich wusste es genau, obwohl ich sie noch nie gesehen hatte und obwohl ich nie gedacht hätte, dass es so viele waren.«

Frederik hörte gespannt zu. Nadja berichtete ihre Erlebnisse während der vielen Minuten, in denen sie keinen Herzschlag getan und nicht mehr geatmet hatte. Sie erzählte vom Übergang zwischen Leben und Tod.

»Wer waren sie?«, fragte er.

»Ich habe sie abgeschossen, Frederik. Es waren all die, die ich abgeschossen habe. Piloten und Soldaten, aber auch Zivilisten, die ich mit meinen Raketen getroffen habe. Sogar zwei Kinder waren dabei. Ich weiß gar nicht, wann ich die beiden ... Ich habe sie getötet, die Kinder und all die Erwachsenen, jeden einzelnen von ihnen, und jetzt erwarteten sie mich und sahen mich an. Und obwohl mein Vater sie gebeten hatte, mir zu vergeben ... Den meisten konnte ich ansehen, dass sie es nicht taten. Ich kann es ihnen nicht verübeln. Ich habe sie getötet, Frederik. Könntest du jemandem vergeben, der dich tötet?«

»Einige haben dir vergeben.«

»Ja, ein paar. An erster Stelle die beiden Kinder. Wenigstens diese Kinder waren nicht böse auf mich. Sie lächelten mich an, als sei ich ihre Tante oder eine nette Nachbarin oder ... Ich habe sie getötet, und sie lächelten mich an, Frederik. So wie ihr um mein Leben gekämpft habt, obwohl ihr keine Ahnung habt, was ich alles getan habe. Sie blickten mich so offenherzig an, ihre Gesichter waren so freundlich. Ich habe mich so wohlgefühlt bei ihrem Anblick. Ich reichte ihnen meine Hand, doch dann ... dann rückten sie in den Hintergrund. Es ging blitzschnell. Das Licht verschwand und auch diese Menschen. Mein Vater, er war nicht mehr da. Und dann ...«

Sie sprach nicht weiter. Frederik ließ ihr Zeit, doch sie sagte nichts mehr. Sie lag da mit geschlossenen Augen und atmete ruhig und entspannt.

»Was dann?«, frage er.

»Dann hörte ich Stimmen, Geschrei, einen Streit. Und dann war dieser Mann bei mir, Dragon.« Sie öffnete die Augen und sah ihn an. »Und jetzt bist du bei mir.«

Frederik blickte in ihre Augen. Tränen standen darin oder liefen ihr über die Wange. Ihm fiel auf, dass auch er weinte. Er dachte an Leonie, an Tom und Jerry und seinen besten Freund Fossy, den er wohl fürchterlich enttäuscht hatte. Er spürte keine Traurigkeit, keine Trauer, nicht einmal Bedauern. Aber immerhin weinte er, einfach so. Ganz tot war er also doch noch nicht.

»Ich bin allein«, flüsterte sie dann. »Trotz dieser Kinder bin ich allein. Und so viele Menschen hassen mich.«

»Das täuscht«, sagte Frederik und drückte ihre Hand fester.

»Die meisten haben mir nicht vergeben. Die allermeisten.«

»Du kannst sie nicht zwingen.«

»Aber wie sollte ich jetzt weiterleben, wo ich ihnen in die Augen gesehen habe?«

Sie schwiegen. Frederik hatte keine schnelle Antwort parat. Er versuchte nachzufühlen, wie Nadja unter dieser Ablehnung litt. Und obwohl er sich nicht vorstellen konnte, jemals in ihre Lage zu geraten, kannte er ihre Verzweiflung nur zu gut.

»Versuch es wie ich«, sagte er.

»Wie du?« Nadja war erstaunt. »Was ist denn mit dir?«

»Ich bin Pazifist. Das ist geradezu ein Garant dafür, allein und einsam zu sein.«

»Es gibt viele Pazifisten.«

»Ach ja? Und wie viele meinen es auch so? Fossy hat sich auch mal Pazifist genannt.«

»Und jetzt nicht mehr?«

»Nein, nicht mehr. Ich stehe allein da, ganz allein mit diesem Wort: Pazifismus. Tja, und in dieser Hinsicht bin ich es, der gehasst wird. Ich bin allein, so wie du. Dich verachtet man, weil du getötet hast, mich verachtet man, weil ich es nicht tue. Absurd, nicht wahr?«

»Ja, ziemlich absurd. Und wie ...?«

»Wie ich damit weiterleben kann? Einfach so. Es gibt keinen Trick. Ich habe nur dieses eine Leben. Ich lebe es einfach, solange man mich lässt und ob man mich hasst oder nicht. Und dabei versuche ich, selber nicht zu hassen.«

»Aber du hasst mich«, wandte Nadja ein.

Frederik erschrak. Er wusste wohl, dass das nicht stimmte. Er glaubte sogar, dass Nadja wusste, dass es nicht stimmte. Doch was er gesagt hatte, hatte er gesagt. Er spürte, wie es an seinem Ego kratzte und ihn beschämte. Er wollte nicht hassen, schon gar nicht die Frau, die er gerettet hatte. Doch es stand nun einmal im Raum und ließ sich nicht einfach fortwischen. Er musste jetzt damit leben. Ihm blieb nur, dem etwas entgegenzusetzen.

»Ja«, begann er. »Ich habe dich gehasst. Aber ich liebe Menschen, die vom Guten überzeugt sind, die das Richtige tun wollen. Ich bewundere Menschen, die dafür alles in Kauf nehmen und es sogar wagen, Schuld auf sich zu laden.«

Nadja blicke ihn an. Er konnte förmlich sehen, wie seine Worte sie durchdrangen.

»Oder das eigene Leben zu opfern«, ergänzte er. »Wie gut, dass manche von ihnen ein zweites bekommen.«

»Ja«, sagte sie. »Dank dir habe ich wohl ein zweites Leben.«

»Willkommen zurück«, sagte Frederik.

Sie lächelte. Dann hob sie ihren Arm in die Höhe. Es war eine Einladung.

In den vergangenen Jahren hat Peter Coon überwiegend Kurzgeschichten verfasst. Parallel zu zahlreichen Veröffentlichungen und vier Literaturpreisen er-  schienen bisher drei Kurzgeschichtenbände von ihm: *Märzchen im November* (2015), *Weltfrieden ist aus* (2017) und *Mama hält mich fest, wenn ich lache* (2019).

Mit *Wagnis* erscheint nun eine Novelle über Pazifismus in Zeiten des Krieges.

Im Jahr 2022 war Peter Coon entsetzt über Putins Angriffskrieg gegen die Ukraine. Ebenso entsetzt war er über den aggressiven Ton in der Diplomatie beider Seiten. Beinahe erfolglos suchte er nach Personen, die angesichts der neuen Bedrohung noch am Pazifismus festhalten wollten. Er sehnte sich nach Gleichgesinnten, also musste er jemanden erfinden: Frederik, der trotz Krieg die Gewaltfreiheit nicht einfach aufgeben will und nach Auswegen und Alternativen zum Krieg sucht.

Tragisch nur, dass Frederik und seine Freunde daran zu zerbrechen drohen.

www.petercoon.de

Wagnis

Peter Coon

Mama hält mich fest, wenn ich lache

Ein Brief und zwölf Kurzgeschichten

»Du bist ein Wurm«, sagte sie.
»Ich bin schon nur ein Kirchengewölbe,
ein kleines noch dazu, ein winziger Punkt im Universum,
aber du – du bist noch kleiner, noch nicht einmal ein Wurm.
Und du siehst echt scheiße aus!«

Schwächen hat jeder. Zu ihnen zu stehen ist nicht leicht, stark sein ist die größere Tugend. Gerade dieser Tage demonstrieren politische Machthaber wieder Stärke, zu Lasten von Toleranz und Annäherung. Dagegen gibt es wohl niemanden, der mit seinen Schwächen prahlt – oder gar seiner Schwäche.
Die Geschichten in diesem Buch zeigen beides: Stärke und Schwäche. Sie handeln von Selbstbewusstsein und Zurückhaltung, von Überheblichkeit und Versagen, von Fürsorge und Machtmissbrauch.

Eine dieser Kurzgeschichten wurde 2019 von der Gruppe 48 mit dem 1. Preis ausgezeichnet.

Erhältlich als:
Hardcover   ISBN 978-3-7504-0172-3   16,00 €
Paperback   ISBN 978-3-7504-0173-0   8,00 €

Weitere Infos unter: www.petercoon.de

Peter Coon

Weltfrieden ist aus

Fünfzehn Kurzgeschichten
und ein Nachwort
über die Erfindung der weiß-blauen
Friedenstaube

*»Über Kimme und Korn blickte ich ihm
jetzt in die Augen. Den Finger am Abzug
schaute ich tief in eine fremde Seele
und hörte, wie sie zu mir sprach.«*

Die Texte in diesem Buch können romantisch und poetisch sein, aber auch böse, bissig und verstörend. Lachen und Weinen liegen dicht beieinander in diesen Geschichten. Solche Gegensätze auszuhalten und mit Widersprüchen zu leben – für Peter Coon ist dies eine der großen Herausforderungen im Leben.

Mit einem Nachwort über die finnischen Schöpfer der weiß-blauen Friedenstaube.

Erhältlich als:
Hardcover   ISBN 978-3-7460-0902-5   16,00 €
Paperback   ISBN 978-3-7460-0903-2   8,00 €

Weitere Infos unter: www.petercoon.de

Peter Coon

Märzchen im November

Dreizehn nicht unerhebliche Erzählungen und eine nur so zum Spaß

»*Ein Ereignis hatte unser Leben durchkreuzt.*
Es stand unserer gemeinsamen Bahn im Weg
wie ein Glasprisma einem weißen Lichtstrahl
im Physikunterricht.«

Dieses Buch handelt von Menschen in heiklen Situationen. Manche haben Glück, andere erleben persönliche Katastrophen, nichtsahnend oder sehenden Auges – in jedem Falle aber verstrickt im Netz besonderer Eigenheiten und Umstände.
Und hier und da, erstaunlich oft sogar, keimt ein wenig Hoffnung.

Zwei dieser vierzehn Erzählungen wurden bei Literaturwettbewerben mit Preisen ausgezeichnet.

Erhältlich als:

Hardcover	ISBN 978-3-7386-5498-1	16,00 €
Paperback	ISBN 978-3-7386-5499-8	8,00 €
eBook	ISBN 978-3-7386-5503-2	2,99 €

Weitere Infos unter: www.petercoon.de